Sherlock Holmes

El Secreto de la Caja de Sándalo

Sherlock Holmes
El secreto de la caja de sándalo

Todos los personajes que aparecen en esta obra son ficticios. Cualquier parecido con personas reales, vivas o muertas, es pura coincidencia. Las opiniones aquí expresadas son las del autor y no de MX Publishing.

Libro de bolsillo ISBN 978-1-78705-454-7
ePub ISBN 978-1-78705-455-4
PDF ISBN 978-1-78705-456-1

Publicado por MX Publishing
335 Princess Park Manor, Royal Drive,
Londres, N11 3GX
www.mxpublishing.co.uk

Diseño de portada por Brian Belanger

A Antonio L.

Por los tesoros ocultos que aún aguardan a ser descubiertos.

"Y, sin embargo, ¡cuántas cosas estaríamos a punto de descubrir si la cobardía y la dejadez no entorpecieran nuestra curiosidad!"

Mary W. Shelley. "Frankenstein"

"Por estos lugares llenos de horror, por este inmenso caos, por este vasto y silencioso reino, yo os conjuro a que volváis a tejer la trama del destino."

Ovidio. "Orfeo y Eurídice"

Índice

Prólogo

Valle de los Reyes. Egipto.
Agosto de 1880

Contuvo la respiración durante unos segundos, consciente de lo que aquel momento significaba para él. No había duda. Por fin la habían encontrado. Y era real.

Tras él, su ayudante acercó la antorcha a la inscripción. Sintió el calor del fuego en su rostro, pero dentro del pasadizo la humedad era tal que le había calado los huesos. O quizás el frío procedía sólo de la intensa emoción de aquel momento con el que había soñado desde niño. Se dio cuenta de que estaba temblando levemente y se esforzó en controlarse.

—¡Aquí, enfoca la inscripción!

—Enseguida, *sahib* —respondió su ayudante indio, solícito y eficiente. No en vano era el único miembro de la expedición al que había autorizado a bajar con él.

—¡Oh, Dios mío! No puede ser... —musitó, casi imperceptiblemente.

—¿Qué es *sahib*? ¿Otra puerta falsa?

El joven arqueólogo guardó silencio un instante, sabiendo que aquellos segundos serían los más importantes de su carrera.

Cerró los ojos y pensó en ella.

Pero no permitió que la tristeza lo embargara, ahora no. Había mucho trabajo por hacer y arriba el resto del equipo aguardaba su regreso.

Ante él, un sello de la Dinastía XVIII se exponía desafiante. Estaba intacto, lo que quería decir que la tumba había permanecido oculta a los saqueadores durante casi tres mil a años. Su viejo ocupante le aguardaba en su interior, acompañado únicamente por los tesoros que había seleccionado para que le acompañaran en la eternidad.

—No, Isham, esta vez no. Mira bien.

El ayudante se acercó aún más al sello. Al contrario que su señor, no podía leer los jeroglíficos, pero era inteligente y observador y enseguida vio la diferencia con los otros dos falsos sellos que habían descubierto semanas atrás. En este, los caracteres estaban grabados con extremo cuidado y delicadeza, no se trataba de trazos burdos y mal ejecutados sino de bellos signos que se alternaban armoniosamente lanzando un mensaje eterno y poderoso, aunque para él, incomprensible.

—¿Qué dice, señor?

—No importa. Pásame el hacha, hay que romper la cuerda.

Por supuesto, había descifrado la inscripción inmediatamente, pero había llegado demasiado lejos como para permitir que una estúpida maldición destinada a los vulgares saqueadores de tumbas retrasara su descubrimiento ni un sólo segundo más.

Una cuerda. Una simple cuerda atada entre dos asas clavadas a las puertas de acceso a la quinta capilla de la tumba. A pesar de todos los ingeniosos engaños para confundir a los ladrones, una vez cruzadas las cuatro capillas anteriores a la tumba, el recinto final era sorprendentemente fácil de profanar.

Tomó el hacha y lo descargó con todas sus fuerzas contra la cuerda que había aguantado, imperturbable, durante casi tres mil años. Para su sorpresa, fueron necesarios dos fuertes golpes para que se rompiera por completo dejando libre el acceso.

Nada ahora, por fin, se interponía entre él y Senenmut, el gran arquitecto, astrónomo y hombre de confianza del faraón Amenofis II. Probablemente el hombre más poderoso de su tiempo.

Entre los dos empujaron las puertas de entrada a la tumba y penetraron en ella sintiendo el peso de la historia sobre ellos. En un gesto casi reverencial, Isham alzó la antorcha permitiendo que la luz inundara el recinto que durante milenios había dormido en la más profunda de las tinieblas.

Muchos años después, Isham diría que nada de lo que había imaginado, ni siquiera en sus sueños más ambiciosos, podía hacer justicia a la grandeza que descubrieron a continuación.

Bellísimas pinturas se desplegaban por las paredes y el techo: hombres, mujeres y dioses interactuando entre ellos en escenas de la vida cotidiana se intercalaban con fragmentos de textos escritos en jeroglífico. Más de un centenar de objetos bellísimos, de todo tipo, aparecían colocados delicadamente alrededor de la tumba. Y en el centro, absolutamente majestuoso, se alzaba el gran sarcófago.

Lord Alexander Leighton lo intentó, pero ninguna palabra logró salir de su garganta. Se trataba de un descubrimiento magnífico, sin duda, el mayor realizado hasta la fecha, todo un hito para la historia de la arqueología. Atrás quedaban las largas noches en vela, las dudas, las enfermedades y todas las penurias que habían pasado él y el resto de su equipo. Todo había merecido la pena para llegar a ese instante.

Todo, menos una cosa.

Se acercó al sarcófago: *Senenmut.* Había estado jugado con ellos durante meses, sabían que su tumba estaba cerca, pero los ingenieros que la habían construido, habían realizado un trabajo excelente. Puertas falsas, túneles que no llevaban a ninguna parte y pasadizos que terminaban donde empezaban. Trampas que, antes que a ellos, habían confundido a los ladrones de tumbas una y otra vez, hasta que finalmente Senenmut y todos los que con él compartieron su vida y su tiempo se fueron adentrando en el reino del olvido.

Pero la fortuna favorece a los que persisten y allí estaban ellos.

Los vasos cánopos descansaban a los pies del sarcófago. Ushebtis de lapislázuli, sillas antropomorfas, mesas realizadas en ébano y marfil, joyas de oro con piedras preciosas, esculturas de los grandes dioses, todo de la más alta calidad y delicada belleza. Sin duda, Senenmut no había escatimado a la hora de elegir los objetos que formarían parte de su ajuar funerario y éste era digno del gran chambelán de uno de los faraones más poderosos de la historia de Egipto. Quizás por eso aquella extraña caja llamó su atención.

Situada sobre una mesa con patas rematadas en garra, frente al sarcófago, se trataba de un sencillo cofre de madera, sin ningún adorno más que el vigilante ojo de Horus. Y sobre ella, descansaban tres pequeños escarabajos de fayenza. ¿Qué era aquello? Lord Leighton dejó a su ayudante que, embelesado, contemplaba las impresionantes riquezas de la tumba y se acercó a su extraño descubrimiento. Los escarabeos eran verdaderamente muy hermosos, excelentemente ejecutados, pero parecían gastados y antiguos, como si hubieran pasado por numerosas manos hasta llegar allí. Ni ellos ni la vieja caja parecían encajar en aquel lugar de suntuosidad y grandeza.

¿Por qué Senenmut los eligió para acompañarle en su viaje a la eternidad? Tomó el mayor de ellos, y lo giró con cuidado. En el vientre del pequeño insecto, algún artesano de gran talento había realizado una inscripción con trazos diminutos, pero sorprendentemente elegantes. Estaban muy desgastados, pero se leían fácilmente. Sin embargo, para su sorpresa, se dio cuenta de que no podía entenderlos. Eran jeroglíficos, sí, pero muy arcaicos. Aunque su especialidad era el jeroglífico del Imperio Nuevo, podía leer fácilmente jeroglíficos del Imperio Medio e incluso del Imperio Antiguo.

Sabía que se encontraba ante algo diferente.

Se metió la mano en el bolsillo de su sahariana de lino en busca de un lápiz para copiar las inscripciones, pero en su lugar halló una pequeña prímula.

La había encontrado hacía ya unos días en un paseo por El Cairo. No era más que un pequeño arbusto creciendo salvajemente en un rincón de la ciudad, cercano al edificio de la Embajada. Sin embargo, el que una planta tan absolutamente impropia para aquel clima atroz hubiera, de alguna forma, logrado florecer en aquel lugar, ajena a todos, le había parecido un pequeño milagro. Tanto, que había cortado una de las florecillas para luego poder dibujarla en su diario.

No obstante, el descubrimiento de la nueva capilla había tenido lugar casi inmediatamente a su regreso y se había olvidado de la diminuta flor que había terminado marchitándose por completo en su bolsillo.

La dejó con cuidado junto a los escarabeos, recordando que había prestado el lápiz a uno de sus ayudantes y que no se lo había devuelto. Volvió a centrarse en la caja. No pesaba nada y se dispuso a abrirla, viendo que cedía sin esfuerzo.

—*Sahib* —reclamó su ayudante—. Señor, quizás deberíamos regresar. Los otros nos estarán esperando. Pueden estar preocupados.

Las palabras de Isham le sacaron de su ensimismamiento; era típico de él olvidarse de todas las maravillas que habían descubierto para centrarse en tres escarabeos insignificantes y en una vieja caja. La volvió a colocar en su lugar. Ya volvería a ello más tarde, de momento había mucho trabajo por hacer y, por supuesto, había que informar al resto del equipo. Sonrió a su ayudante, triunfal.

—Lo hemos conseguido, Isham.

El hindú le devolvió la sonrisa, sus ojos oscuros iluminados por el orgullo.

—Lo hemos conseguido, señor.

Juntos abandonaron la estancia cerrando las puertas tras de sí, devolviendo la tumba al profundo silencio y a la fría oscuridad.

Y justo en ese mismo instante, mientras el eco de las puertas al cerrarse se desvanecía en el aire, la pequeña prímula que descansaba junto a los escarabeos tembló ligeramente, de forma casi imperceptible.

Y de repente, la flor marchita recuperó su color y su fragancia, como si hubiera sido cortada tan solo unos segundos atrás y la muerte no la hubiera rozado jamás.

Capítulo 1

Una visita inesperada

A lo largo de mi extensa colaboración con mi querido Holmes tuve la suerte de conocer y participar en numerosos casos resueltos por el famoso detective. Muchos de ellos fueron publicados poco después de que tuvieran lugar, para mayor dicha de los numerosos lectores de sus aventuras. Otros, sin embargo, debido a su delicada naturaleza, tardarán un tiempo en ver la luz, si es que algún día llegan a hacerlo. Descansarán, de momento, en una caja de seguridad en el banco Cox and Co., a la espera de un tiempo y una mentalidad en que su contenido no pueda ya perjudicar a personas ni intereses.

Este es un uno de esos casos.

Dr. John H. Watson

****

Londres. 221B Baker Street
31 de octubre de 1883

—Mi querido Holmes, ¿qué piensa de los macabros asaltos de tumbas en el cementerio de Kensal Green? — pregunté, apartando a un lado el *Daily Telegraph*, deseoso de conocer la opinión de mi amigo sobre semejante barbarie. Estábamos sentados a la mesa de nuestro pequeño comedor, junto a la ventana, a la espera de que la Sra. Hudson nos sirviera el desayuno.

Desde hacía una semana, en diferentes noches, el cementerio había sufrido una serie de execrables robos. Varias tumbas habían aparecido abiertas y vacías, sin rastro alguno de los cuerpos que habían albergado en su interior. El primer robo había tenido lugar hacía exactamente siete días. Desde entonces, otros dos asaltos se habían repetido sin que el incremento de la vigilancia nocturna hubiera servido para evitarlo.

Aquellos hechos, desde luego, habían despertado la indignación popular. El temor de que los seres queridos no estuvieran seguros en su descanso eterno había sacudido a la sociedad londinense que, indignada, exigía medidas contundentes de Scotland Yard para encontrar a los culpables, si bien las pesquisas del cuerpo policial no habían tenido, por el momento, el menor resultado.

Sin embargo, Holmes, para mi sorpresa, se había mostrado desde el principio totalmente indiferente ante el caso, sin concederle la más mínima importancia. Tampoco esta vez, ante mi pregunta, mostró mayor interés.

—La verdad es, Watson, que me parece un asunto a la altura de nuestro querido Lestrade. Estoy seguro de que solo hará falta que saqueen tres o cuatro tumbas más para que consiga cerrar el caso —respondió, en aquel tono irónico y condescendiente que yo conocía tan bien.

—¡Holmes, me sorprende usted! ¿Cómo puede mostrarse tan indiferente ante un suceso tan aberrante? Solo Dios sabe qué destino les dan a esos cuerpos. ¿Ha pensado en los familiares de esas pobres mujeres? Por lo que a mí respecta, esos individuos merecen la pena capital.

Holmes estaba a punto de responderme cuando la puerta se abrió y la estancia se inundó con un delicioso aroma a café. La Sra. Hudson, puntual como siempre, entró con una gran bandeja que depositó sobre nuestra mesa.

—¡Buenos días, caballeros! Espero que tengan apetito esta mañana —anunció jovialmente, mientras retiraba los cubre platos de las fuentes y colocaba las servilletas de algodón, impecablemente blancas y bien planchadas, a juego con el mantel.

Una de las fuentes contenía humeantes salchichas blancas acompañadas de lonchas del mejor bacon, hecho justo en su punto. En otra, unos huevos revueltos con un poco de cebollino picado, aguardaban dorados y esponjosos. Para acompañarlo todo, la señora Hudson había dispuesto una cesta de panecillos blancos con semillas de amapola recién horneados y sobre un pequeño plato de porcelana, un poco de mantequilla salada y mermelada de fresas. El aroma de los alimentos, mezclado con el del café, resultaba irresistible.

—¡Cómo no tenerlo con semejantes delicias, señora Hudson!

Complacida, nuestra querida casera se atusó el impecable delantal con un gesto mecánico.

—Les dejo entonces, que hoy tengo un día de lo más ajetreado. Si necesitan algo estaré abajo —dijo despidiéndose, abandonando la estancia con su característico paso rápido y cerrando la puerta tras de sí.

Holmes dejó la nota a un lado en la mesa y sirvió el café para ambos, solo y sin azúcar para él, con un poco de leche y azúcar para mí.

—Verá, Watson —comenzó Holmes, mientras yo untaba un poco de mantequilla en un panecillo caliente—. El tema es que, por lo que sabemos, ninguna familia se ha presentado como damnificada por los robos de los cuerpos.

—Eso es cierto —asentí—. Parece ser que ninguna de las fallecidas tenía parientes vivos.

Holmes asintió, observándome fijamente con sus penetrantes ojos grises.

—Y eso es muy significativo, ¿no le parece?

Di un sorbo al café y me serví unas salchichas y un poco de los deliciosos huevos revueltos, mientras me preguntaba a dónde quería llegar Holmes.

—Pero eso no quiere decir nada. Puede tratarse de una simple casualidad.

—¿Casualidad que de los cuatro cadáveres desaparecidos ninguno tuviera ni siquiera un familiar lejano que los reclame? —Holmes hizo un gesto de negación, dando a entender que semejante posibilidad le parecía altamente improbable—. No, mi querido amigo. Estoy convencido de que quienes quieran que estén cometiendo esos robos saben muy bien lo que hacen y el hecho de que los cuerpos fueran de mujeres sin familia parece ser un criterio indispensable para ellos.

Saboreé un bocado de crujiente bacon mientras sopesaba el razonamiento de Holmes.

—Pero eso no es ninguna justificación, más bien al contrario. Las tumbas de esas damas han sido igualmente profanadas y aunque no tengan familiares que las reclamen... —me interrumpí de repente al caer en el error que había cometido mi amigo—. ¡Por cierto, se confunde usted, no han sido cuatro cuerpos sino tres!

Holmes me escuchaba, con el codo apoyado sobre la mesa, sosteniendo su barbilla. Supe, tan pronto como había finalizado mis palabras que él ya las esperaba.

—Se confunden los periodistas, Watson. Y también Scotland Yard, como de costumbre. Justo el año pasado, por estas mismas fechas, otro cadáver fue sustraído del mismo cementerio. También fue una mujer. Sin familia. Y con otra característica más en común con los nuevos casos. Solo que en esta ocasión la noticia no mereció más que una pequeña reseña en el apartado de sucesos del Times. Apenas unas pocas frases que entonces no despertaron ninguna alarma.

—¿Y cómo se acuerda de eso si no tuvo más repercusión?

—Aunque escueta, la noticia me pareció lo bastante pintoresca como para guardarla en mi libro de recortes. Puedo enseñársela si quiere, aunque eso no aporte nada nuevo al caso.

Aquello me había dejado con la boca abierta y el tenedor con un trocito de salchicha suspendido el en aire. No me sorprendía tanto el hecho de que existiera un cuarto cuerpo del que la policía no parecía saber nada, como que, en realidad, Holmes no había sido tan indiferente a aquel extraño caso como había mostrado o había querido aparentar.

—En todo caso, Watson, no hay mal que se les pueda hacer ya a esas pobres mujeres que hace años que no están entre nosotros. Son sólo cuerpos inertes. Y será mejor que nos concentremos en asuntos de mayor utilidad para los vivos, ¿no cree?

Como hombre de ciencia que era, Sherlock Holmes no había dudado en realizar investigaciones utilizando cadáveres. De hecho, el día en que nos conocimos en el hospital Saint Bartholomew, tan sólo dos años atrás, Holmes estaba experimentando con varios de ellos. Y debo añadir que, como médico que soy, no puedo oponerme a tales prácticas que en el estudio de la medicina son imprescindibles para el conocimiento de la anatomía. Apruebo el uso de cadáveres, sí, pero sólo si se realiza en beneficio del avance y progreso de la Humanidad, en cualquier campo. Pero en aquel caso nada indicaba que así fuera. Iba a argumentar en este sentido cuando caí en algo que Holmes había dejado en el aire:

—Y dígame entonces, ¿cuál es esa otra característica que presentaba el cuerpo robado el año pasado en común con los robados esta semana?

Holmes iba a contestarme cuando, por segunda vez aquella mañana, la señora Hudson interrumpió su respuesta, llamando a la puerta.

—El señor Lestrade acaba de llegar. Insiste en que es un asunto de extrema urgencia —nos anunció.

Holmes sonrió gratamente complacido.

—Pues bien, no le hagamos esperar entonces, ¿no le parece, Watson?

—¡Por supuesto, veamos de qué se trata! —respondí apurándome en terminar el desayuno—. Probablemente sea por este asunto de los robos del cementerio.

La señora Hudson se apartó, dejando paso a Lestrade que, al parecer, había subido con ella.

—Buenos días, caballeros —saludó Lestrade mientras nuestra casera se retiraba cerrando la puerta tras de sí. Con su sombrero en la mano, el inspector era la imagen misma de la preocupación.

—¡Ah, Lestrade, buenos días! —respondió Holmes, con el mejor de los ánimos—. Imagino que ha venido usted por el asunto del robo… —hizo una pequeña y teatral pausa y continuó— del Museo Británico.

Nuevamente en menos de treinta minutos Holmes me volvió a sorprender. ¿Qué robo del Museo Británico? ¡Ningún periódico se hacía eco de semejante noticia! ¿Y cómo no lo había mencionado antes?

—Sí, justamente vengo de allí ahora mismo —le concedió, Lestrade, perplejo—. Pero, ¿cómo lo ha sabido? ¡No hay forma de que se haya podido enterar!

Holmes sonrió, visiblemente satisfecho ante nuestra estupefacción.

—Pase y siéntese, Lestrade —animó al inspector—. Por favor, cuéntenos un poco más, díganos exactamente qué ha ocurrido y veremos cómo podemos ayudar.

Lestrade se sentó en la silla que le indicaba Holmes, dejando que el detective le sirviera una taza de café humeante. Era una mañana fría y sin duda le resultaría reconfortante.

—En fin, en realidad es un asunto bastante grave. De hecho, he recibido órdenes de arriba. De muy arriba, ya me entienden... por eso estoy aquí —comenzó Lestrade, mientras se llevaba la taza de café a los labios, dejando claro que de ninguna forma recurriría al detective si no le estuvieran obligando a ello.

Lejos de ofenderse, mi amigo sonrió, displicente, y con un gesto le animó a que continuase.

—Pues bien, caballeros, como sin duda saben, el Museo Británico está organizando una gran exposición sin precedentes en Londres.

—¿Se refiere a la exposición sobre Egipto? —pregunté. Eso, al menos sí lo sabía.

—Exactamente —asintió Lestrade—. Se expondrán objetos hallados gracias a una expedición británica, pero al parecer los egipcios dicen que esos objetos son suyos, así que sólo nos los han dejado en préstamo para su exposición temporal y cuando el plazo finalice deberán volver a Egipto.

Lestrade acababa de resumir en escasas palabras lo que en realidad constituía un delicado y complejo asunto diplomático. Durante años, arqueólogos europeos habían estado excavando en tierra egipcia y enviando sus descubrimientos a los grandes museos de sus países y a los ricos coleccionistas que podían permitirse comprar semejantes piezas. Todo esto con el beneplácito del gobierno egipcio y, probablemente, aunque era difícil de probar, con la oscura colaboración de algún que otro funcionario corrupto.

Sin embargo, en los últimos años, Egipto había endurecido sus leyes, estableciendo severas restricciones a la salida de piezas arqueológicas de su país. De hecho, los objetos que se habían encontrado por la expedición inglesa habían sido inmediatamente confiscados y arduas negociaciones habían sido necesarias para que el gobierno egipcio permitiera su salida temporal y su exposición en el British Museum. En cuanto esta finalizara, todas las piezas deberían regresar a Egipto.

Además, desde la construcción del Canal de Suez, que en aquel momento se encontraba bajo protección británica, la necesidad de mantener buenas relaciones con Egipto era absolutamente vital para nuestros intereses comerciales y militares.

—Pues bien —continuó Lestrade— esta noche una serie de objetos de la colección han sido robados.

—E imagino —apuntó Holmes— que los objetos se encontraban bajo la más estricta seguridad y vigilancia mientras se prepara la exposición.

——Así es, Holmes. No conozco aún todos los detalles, pero al parecer son bastantes los objetos que han desaparecido y de un valor incalculable. Nadie sabe exactamente cómo han podido burlar la vigilancia. ¡Había diez agentes custodiando el museo! Y lógicamente comprenderán ustedes que este incidente supone un grave conflicto diplomático con consecuencias imprevisibles.

Holmes guardó silencio un instante, las piernas cruzadas y las manos una frente a otra, uniéndose en los dedos. Evidentemente, la exposición de Lestrade era demasiado vaga y dejaba muchos cabos en el aire. Sin duda, había salido del museo precipitadamente, en cuanto había recibido la orden de contactar con Holmes.

—¡Bien, pues entonces no hay tiempo que perder! Lestrade, denos unos minutos. Nos vemos a las ocho y media en el museo.

—No nos demoremos más, entonces. Me iré adelantando para hablar con mis hombres. A ver qué sacamos de todo esto.

Estaba a punto de abandonar la sala cuando se volvió hacia Holmes:

— Pero, ¿cómo diablos ha sabido que venía por el robo del museo? —preguntó, con fastidio.

Holmes sonrió, esperaba la pregunta y estaba encantado de responderla.

—Elemental, inspector Lestrade. Conozco muy bien la zona donde se ubica el Museo Británico. De hecho, yo mismo estuve viviendo justo detrás, en Montague Street, durante una temporada antes de instalarme en Baker Street. Tiene usted una pequeña mancha rosa anaranjada en la manga.

Lestrade y yo reparamos entonces en una diminuta mancha de ese color en la manga derecha de su abrigo.

—¿Y bien? —inquirió Lestrade, expectante.

—Puesto que sabemos que es usted un hombre pulcro y cuidadoso en el vestir, es evidente que se ha manchado el abrigo después de salir de casa. Esa mancha pertenece a unos dulces de origen americano llamados "donoughts" que aquí en Londres sólo he visto en tres establecimientos. Uno de ellos está precisamente en Montague Street. De hecho, Yo mismo solía desayunar allí. Dado que ha venido usted inmediatamente, la hora tan temprana y la urgencia del asunto, el tema que le traía debía necesariamente estar relacionado con el Museo Británico. ¿Y qué puede ser tan importante para que el inspector jefe de Scotland Yard debiera personarse en el museo a primera hora de la mañana y tras un precipitado desayuno haya venido inmediatamente después a Baker Street?

Holmes hizo otra de sus teatrales pausas y añadió:

—Un robo.

Maravillado, pensé en la lógica del asunto. Como siempre, una vez explicado el misterio, este se desvanecía por completo pero la deducción seguía siendo brillante. Apuré mi taza de café, ya frío, mientras Lestrade se despedía torpemente hasta que nos encontráramos en el museo en unos minutos.

—¡Holmes! ¡Eso ha sido brillante! ¿Toda esa información de una simple mancha rosa en la manga?

Holmes me miró seriamente y después estalló en una sonora carcajada.

—¡Pero mi querido doctor Watson! ¡Por supuesto que no! ¡No tengo ni idea de dónde se ha manchado Lestrade! Pero intuyo que ha sido desayunando en algún lugar cercano al Museo Británico y esa mancha rosa era sin duda del dulce que mencionaba.

Una vez más, Holmes me había dejado fuera de combate.

—Pero... entonces... ¿Cómo ha sabido lo del robo? ¿Y que venía del museo?

—Watson, usted ve, pero no observa —apuntó, con el característico tono impertinente que usaba a veces cuando algo le parecía tan absolutamente obvio que no merecía su tiempo explicarlo—. Durante todo este tiempo esta nota ha estado frente a usted y en ningún momento me ha preguntado por ella.

Me fijé entonces en el trozo de papel con el que Holmes había estado jugueteando mientras yo leía el periódico y que después había dejado sobre la mesa.

—Si no hubiera estado usted tan distraído con el caso de los robos del cementerio y el excelente desayuno de la señora Hudson, se habría fijado en que esto es una nota oficial del ministerio. Mi hermano Mycroft me la ha hecho llegar a las siete de la mañana, informándome del robo y comunicándome que enviaría a Lestrade a mi encuentro para ponerme al día de lo ocurrido. Evidentemente, me insiste en que se trata de un asunto altamente delicado y es necesaria la máxima diligencia y discreción.

—Comprendo —asentí, dolido porque Holmes no había compartido el contenido de la nota conmigo y hubiera hecho aquel tonto teatrillo de la mancha de Lestrade riéndose de mi confianza en él—. Entonces le deseo mucha suerte con este caso, Holmes. No me cabe duda de que lo resolverá en pocos días.

—Bueno, en realidad yo espero resolverlo en pocas horas —me respondió, con suficiencia; lo que no dejó de sorprenderme a pesar de que ya conocía de sobra la elevada confianza en sí mismo de mi amigo—. Pero, no obstante, mi querido Watson, le estaría muy agradecido si aceptara a acompañarme en esta nueva pequeña aventura. Como siempre, sus conocimientos de medicina y su apoyo me serán muy útiles para resolver el caso.

No puedo negarlo. Aunque estaba más que molesto por la actitud de Holmes, el caso me parecía de lo más sugerente y casi no podía esperar a ponernos en marcha y ver qué nos deparaba el día que comenzaba. ¿Lograría resolver el caso en sólo un día? Sin embargo, esta vez, me negué a ceder tan fácilmente como en otras ocasiones.

—Me temo que no va a poder ser, Holmes. Tengo mis propias obligaciones profesionales.

—No, no las tiene —me replicó, tajantemente.

—¿Cómo dice? —evidentemente aquello ya era demasiada impertinencia por su parte, ¿acaso Holmes iba a negar mis obligaciones con mis pacientes?

—Lo siento, Watson, olvidé mencionarlo. Mycroft ha previsto que usted tendría trabajo en su consulta y ya ha enviado a un sustituto que lo cubrirá hoy para que pueda ayudarnos. Lógicamente sus pacientes le echarán en falta, pero comprenderá que es un asunto del más alto nivel, querido amigo, no irá a decir que no a... Su Majestad la Reina Victoria.

— ¿Su Majestad?

Por supuesto, no fue necesario que Holmes añadiera una sola palabra más. Apenas unos minutos después estábamos en marcha de camino al museo.

¡Comenzaba el juego!

Capítulo 2

La lista de los quince

Londres había comenzado a cubrirse con los colores del otoño y las hojas de los árboles de Baker Street se habían teñido de amarillo y plata. Nada más salir noté una ligera brisa fría en la cara y comprobé cómo el cielo se hallaba cubierto de nubes oscuras que amenazaban lluvia.

Tomamos un carruaje que en apenas quince minutos nos llevó hasta Montague Street, donde el British Museum, sin duda uno de los grandes museos del mundo, se alzaba imponente y majestuoso. El edificio había sido diseñado por Robert Smirke en estilo neoclásico y se había inaugurado en 1857. Hermosas alegorías de todas las materias del conocimiento y de las artes, realizadas por el escultor Richard Westmacott, presidían el frontón triangular de la fachada principal, dando la bienvenida a los visitantes que se adentraban a través de la amplia avenida de acceso. Bajo ellas, justo en el centro, sobre la escalinata de acceso, entre las elegantes columnas jónicas que franqueaban la entrada, nos aguardaba Lestrade acompañado de dos caballeros con semblante grave.

Despedimos a nuestro cochero y mientras el sonido de los cascos de los caballos alejándose se iba desvaneciendo en el aire, subimos las escaleras adentrándonos en el museo.

—Holmes, permítame que le presente a Sir Edward Augustus Bond, director del museo y a al señor Ernest Alfred Thompson Wallis

Budge, conservador de la colección de antigüedades egipcias. Señores, les presento a Sherlock Holmes y al doctor Watson.

El director del museo era un hombre alto, de frente despejada con el cabello blanco peinado hacia atrás y prominentes patillas. Me pareció que rondaría los sesenta años, aunque luego supe que en aquellos días ya había cumplido los setenta y dos. Sin embargo, había en él una fuerza y un vigor que en nada se correspondían con su edad, especialmente en sus vivaces ojos azules. Iba vestido con una sobriedad que se ajustaba a la perfección a su rostro serio y a la profunda preocupación que afloraba en su mirada.

El señor Budge estaba en la treintena, tenía el cabello y el bigote castaños y los ojos verdes y su rostro era la misma imagen de la ansiedad.

—Señor Holmes, es un verdadero honor conocerle —comenzó el director, ofreciendo la mano a mi amigo—. Y lo mismo puedo decir de usted, doctor Watson, soy un gran admirador de sus historias, nunca me pierdo ninguna —. Su voz era firme, aunque al mismo tiempo sonaba apagada y distante—. Es una verdadera pena que nos hayamos conocido en unas circunstancias tan aciagas.

El conservador, por su parte, apenas musitó unas palabras a modo de saludo y su apretón de manos fue breve y fugaz.

—Señores, es un placer conocerlos —respondió Holmes—. ¡Pero no perdamos un segundo más en presentaciones! Es necesario que conozca cuanto antes todos los detalles del robo.

—Por supuesto, por supuesto, entremos —intervino Lestrade–. Hay mucho trabajo por hacer. Aunque creo, Holmes, que en esta ocasión sus trucos no van a servir de mucho... Se trata de un caso verdaderamente extraordinario, ya lo verá.

—Se trata en efecto, de un caso verdaderamente inaudito, señor Holmes —corroboró Sir Edward Bond, mientras nos adentrábamos en las salas del museo—. Llevo siendo director del British Museum desde hace más de veinte años y en todo este tiempo no he visto nada igual. ¡Es la primera vez que nos roban!

Por supuesto, el edificio se había cerrado al público para la investigación y los hombres de Lestrade se afanaban en la búsqueda de indicios que pudieran aportar alguna luz.

—¿Cuántas piezas han robado? —comenzó Holmes.

—Según el señor Budge, en total son quince, ¿no así? —respondió el director, volviéndose hacia el aludido, esperando su confirmación.

El señor Budge se aclaró la garganta antes de responder y acto seguido afirmó:

—En efecto. Bueno, en realidad ha sido un recuento realizado con gran precipitación, pero sí, estoy seguro de que han sido quince piezas.

—¿De qué tipo de piezas se trata? ¿Son quizás las más valiosas?

Visiblemente incómodo con tanta atención focalizada sobre él, el conservador se apresuró a responder.

— Son piezas muy diversas, señor Holmes. Y, por otra parte, resulta altamente difícil poner precio a este tipo de objetos. Sí que puedo decirle que algunas pueden ser muy atractivas para un ladrón, como el *usej* de Senenmut, un collar realizado en oro y piedras preciosas, una joya verdaderamente extraordinaria. Sin embargo, otras son mucho menos interesantes, aunque todas poseen un gran valor histórico y resultan vitales para profundizar en nuestro conocimiento de este período.

Holmes les escuchaba atentamente, pero no respondió. Habíamos llegado a la gran sala donde tendría lugar la exposición. Todo estaba revuelto, con numerosos objetos egipcios tirados por el suelo y varias vitrinas de cristal rotas. El ladrón o los ladrones las había arrojado con fuerza contra el suelo para que el cristal se rompiera y así poder hacerse con los objetos. Me pareció a mí una forma de actuar bastante burda y carente de sofisticación y me pregunté dónde se encontraría lo extraordinario del asunto.

—Cuando vi todo esto —explicó el conservador con aire devastado— todo este caos, este... desastre, mi primer instinto fue comenzar a recogerlo y colocarlo todo, pero entonces el señor Bond me advirtió que probablemente le sería de más ayuda a la investigación que lo dejara todo como estaba y me concentrara en identificar los objetos que faltaban.

—Sin duda, así es— respondió, Holmes, que parecía concentrado en sus pensamientos, mientras sacaba su lupa de uno de sus bolsillos y se agachaba para observar los cristales rotos de la vitrina—. Sin embargo —continuó— el museo posee una importante colección de arte egipcio, ¿no es así, caballeros?

—En efecto, señor Holmes —respondió el director—. Desde sus orígenes, cuando el museo abrió sus puertas en su sede anterior, la Casa Montague, la colección de objetos originales que donó Sir Hans Sloane ya contenía un número considerable de antigüedades egipcias. Y desde entonces, no ha hecho más que aumentar. Actualmente, el museo cuenta con una de las colecciones de este tipo más importantes del mundo.

—Y entre los objetos expuestos hay piezas de gran valor, como la Piedra Rosetta, por ejemplo.

—Sin duda, uno de nuestros mayores orgullos. Su valor es incalculable. Gracias a ella Champollion pudo descifrar la escritura jeroglífica y desde entonces los conocimientos sobre la historia de esta civilización no han hecho más que crecer.

—Eso nos lleva a preguntarnos por qué el ladrón ha decidido llevarse únicamente objetos de la exposición temporal, ignorando obras tan valiosas y que podría haber robado tan fácilmente.

Lestrade carraspeó teatralmente, en un intento de llamar nuestra atención:

—Bueno, Holmes, eso es evidente. El objetivo del ladrón, quien quiera que sea, no es otro más que crear un incidente diplomático entre Gran Bretaña y Egipto —concluyó, evidentemente satisfecho consigo mismo.

Y debo admitir que, a mi pesar, el razonamiento de Lestrade me pareció bastante razonable. Holmes, sin embargo, lo ignoró por completo.

—Señor Budge, dado que es usted el conservador de la colección doy por sentado que es usted egiptólogo.

—Bueno, en realidad soy orientalista y filólogo especialista en lenguas del Oriente Medio —respondió el aludido, ruborizándose levemente.

—¡Excelente currículum! ¿Sería tan amable entonces de ilustrarnos un poco sobre la exposición que iba a tener lugar y las obras robadas?

El señor Budge pareció agradecer el halago de Holmes y procedió a responder.

—Sí, por supuesto, señor Holmes —hizo una breve pausa antes de continuar—. Bueno, la exposición, como sin duda sabrán debido a la gran repercusión mediática que ha tenido, iba a inaugurarse dentro de tres días con la asistencia de Su Majestad la reina y llevaba por título: "Senenmut: tesoros perdidos del Antiguo Egipto". Se llamaba así porque, en efecto, todos los objetos expuestos, ciento quince en total, fueron hallados en la tumba de este intrigante personaje. El hallazgo, realizado hace tres años, sin duda el más importante en lo que va de siglo, lo realizó Lord Alexander Leighton cuyo nombre, probablemente, no les resultará desconocido.

—En absoluto —intervine—. Lord Leighton está considerado uno de los arqueólogos más reputados de Europa. Él mismo financió la excavación.

—Exactamente. Sin embargo, Egipto impidió la salida de todos los objetos aludiendo que son antigüedades egipcias y por lo tanto deben permanecer en su país. Fue necesaria una larga negociación, con una amplia lista de exigencias por su parte, para que finalmente accedieran a prestar las piezas para exponerlas en el British Museum de manera temporal durante seis meses.

—Interesante. ¿Ha sido informado Lord Leighton del robo?

—¡Por supuesto! —respondió el director–. Pero Lord Leighton es un caballero extremadamente ocupado. Además de ser un reputado arqueólogo debe gestionar el importante patrimonio de su familia. Apenas sale de casa.

—Sin embargo, si necesita más información sobre la exposición, deben hablar con él. Conoce cada detalle de cada pieza. De hecho, ha realizado varias publicaciones relevantes sobre ellas —apuntó el conservador—. Bueno, aunque algunas más afortunadas que otras.

En este punto, ambos representantes del museo intercambiaron una extraña mirada de complicidad y, como si se hubieran puesto de acuerdo, callaron súbitamente, bajando la vista al suelo.

—Gracias, lo tendré en cuenta. De momento, sé lo suficiente. Ahora vayamos al fondo del asunto, ¿cómo se ha realizado el robo?

—Bueno, eso es lo verdaderamente peculiar de todo esto, señor Holmes. ¡No tenemos ni idea de qué ha pasado! —respondió Sir Bond—. Esta madrugada saltó la alarma y al llegar al museo, hemos descubierto este desastre. Todos los agentes al cargo estaban profundamente dormidos ¡El robo tuvo lugar delante de sus narices y ninguno se despertó!

—Lestrade, ¿qué le han dicho sus hombres al respecto? —inquirió Holmes, con tono neutro.

—Tanto mis agentes como los guardas del museo repiten la misma historia: han estado toda la noche haciendo guardia en las diferentes salas, incluida la del robo. Ninguno ha visto ni oído nada. Todos cayeron en un profundo sopor, ni siquiera el sonido de la alarma pudo despertarlos. Todos ellos se muestran muy confundidos y ... avergonzados, a qué ocultarlo.

—¿Son de confianza?

—¡Por supuesto que sí! ¡Respondo por todos mis agentes, Holmes, yo mismo aprobé la selección!

—Lo mismo afirmo en relación a los hombres del museo, señor Holmes. Todos ellos llevan aquí prácticamente desde que eran muchachos y estoy seguro de que se dejarían matar antes que permitir un daño en el museo — añadió el director del museo, dando la cara por sus hombres con el mismo orgullo con que había hablado Lestrade.

—Comprendo —asintió Holmes–. Bien, con esto creo que ya he visto suficiente. Caballeros, necesito un plano del museo y una lista con los objetos que han sido robados.

Sir Bond se apresuró a pedir una copia de los planos a su asistente y el señor Budge realizó una lista manuscrita que le entregó a Holmes en pocos minutos. No mucho más tardaron los planos. Una vez lo tuvo todo, Holmes les echó un rápido vistazo a ambos y después me pasó la lista, que leí con interés:

1. Collar ceremonial de Senenmut, realizado en oro, rubís y lapislázuli.
2. Un jarrón de alabastro tallado.
3. Un vaso cánopo de alabastro.
4. Un anillo de oro y lapislázuli.

5. Un ushebti realizado en fayenza.
6. Un escarabeo realizado en fayenza.
7. Una máscara de oro.
8. Un juego de senet.
9. Un amuleto de oro con el ojo de Horus.
10. Un brazalete de oro y rubíes.
11. Un brazalete de oro, lapislázuli y cornalina.
12. Una daga de oro, bronce y cornalina.
13. Una paleta de maquillaje de madera tallada.
14. Un cinturón de oro.
15. Una pequeña escultura de hipopótamo realizada en lapislázuli.

—Bien, con esto lo tenemos todo listo. Permítanme agradecerles su ayuda. Ahora debemos retirarnos para continuar con nuestra investigación.

Mientras nos alejábamos, de camino a la salida del museo, casi podía escuchar los pensamientos de nuestros interlocutores, sumidos en la más absoluta confusión, sorpresa e incertidumbre.

Yo, por mi parte, no podía dejar de preguntarme a dónde nos dirigíamos con tanta prisa y resolución.

Capítulo 3

El siete de espadas

Una majestuosa construcción neoclásica nos aguardaba mientras nuestro carruaje avanzaba hacia ella. La mansión de Lord Leighton se alzaba, sobria y elegante, en la zona más selecta de Kensington, el barrio más caro de Londres. Esbeltas columnas al final de una breve escalinata guardaban la fachada principal de Leighton Manor, a la que también se asomaban enormes ventanales rematados con frontones triangulares, distribuidos simétricamente en sus cuatro plantas. Nada había de ostentoso, exagerado o vulgar en la hermosa casa que albergaba a una de las familias más antiguas de Inglaterra, aunque, al mismo tiempo, nadie podría dudar de la nobleza y riqueza de su inquilino.

Mientras subíamos la escalinata percibí el aire en mi cara como un poco más frío que el de la mañana y el cielo se había vuelto aún más gris. Se aproximaba, sin duda, una gran tormenta que no tardaría en comenzar a descargar.

Ni Holmes ni yo conocíamos a Lord Leighton, aunque a raíz de lo poco que de él nos habían contado los responsables del museo, debo admitir que yo ya me había formado una idea de él. Imaginaba a un viejo lord, sesudo y pagado de sí mismo, cuidado por un viejo mayordomo y una severa ama de llaves, en una casa señorial, aunque decrépita. Nada más abrirse la puerta, sin embargo, comprendí que no podía haber estado más equivocado.

Lo que más me sorprendió fueron sus enormes y penetrantes ojos negros que parecían transmitir calma y serenidad infinitas. Resaltaban sobremanera en un rostro bien parecido de facciones simétricas y piel de color canela. Era tan alto como Holmes. Llevaba barba y turbante y vestía el tradicional *kurta* que llevan los hombres hindúes, en color amarillo pálido con discretos bordados blancos alrededor del cuello y de la abertura central. Bajo el *kurta*, unos pantalones del mismo color y babuchas de satén terminadas en punta de góndola, parecidas a aquella en la que Holmes guardaba su tabaco sobre la chimenea en Baker Street. Concluí que, como nosotros, debía rondar los treinta años.

Nuestra sorpresa debió ser evidente porque, por unos breves segundos, ni Holmes ni yo fuimos capaces de articular palabra alguna.

—Buenos días, caballeros. Bienvenidos a Leighton Manor. ¿En qué puedo ayudarles? —preguntó nuestro hombre, rompiendo el silencio, con una amable sonrisa. Su inglés era perfecto, con un casi imperceptible acento hindú que, por un instante, me trasladó a mis días en la India, como médico cirujano del ejército. Como un relámpago el recuerdo de los aromas de especias como el curry, el azafrán y la canela, el sol y la luz radiantes, los brillantes colores de los saris de las mujeres indias y el misterio de unos dioses ancestrales cruzaron por mi mente en una milésima de segundo.

Y, de repente, el hechizo se rompió, llevándome de regreso a aquella mañana fría y gris londinense donde la cálida India y su cultura milenaria no eran ya más que un recuerdo lejano, un punto en el mapa perteneciente a nuestro vasto Imperio Británico.

—Buenos días —respondió Holmes—. Hemos venido a entrevistarnos con Lord Alexander Leighton por un asunto de extrema importancia y gravedad. Yo soy Sherlock Holmes y este es mi colega, el doctor Watson.

Lejos de sorprenderse por nuestra presencia, el hindú nos respondió con una leve reverencia dejándonos paso cortésmente.

—Pasen, por favor. Informaré a mi señor de su llegada.

Un hermoso vestíbulo decorado con lienzos, grandes espejos dorados y una gran consola de estilo imperio se abrió ante nosotros. Sobre la consola dos grandes tibores de porcelana china en tinta azul destacaban junto a un disco de jade blanco.

—El padre de mi señor, el difunto lord Leighton, era un gran amante del arte chino. Tenemos una importante colección con piezas de gran calidad que mi señor piensa donar en breve al Museo Británico —nos explicó, al ver mi interés en contemplar las piezas —. Estas que ven aquí, por ejemplo, son de la Dinastía Ming y poseen un gran valor.

—Es muy generoso de su parte —respondí. Y sin duda mi comentario fue de su agrado porque nuestro hombre asintió, con una cortés sonrisa de aprobación.

—Acompáñenme, por favor.

Le seguimos en silencio hasta el que sin duda era el gran salón principal de la casa. Al igual que el vestíbulo, se trataba de una estancia decorada con buen gusto y cuidada elegancia. Un alegre fuego chisporroteaba en la chimenea central sobre la que destacaba el hermoso retrato de cuerpo entero de una mujer joven. Otros lienzos, de menor tamaño, pero también de gran calidad decoraban las paredes, distribuidos por un ojo experto que había sabido colocar cada uno de ellos en el lugar en que más resaltaría. Una mullida alfombra se extendía ante nosotros y cortinas de seda en tonos azules y grises remataban los grandes ventanales. A pesar de que todos los muebles y objetos de decoración parecían ser obras de arte y antigüedades, la estancia resultaba acogedora y agradable, lejos del "efecto museo" del que a menudo adolecen las viviendas de los coleccionistas más apasionados.

—Señores, ¿puedo servirles algo mientras esperan?

Holmes y yo rechazamos cortesmente el ofrecimiento y nos dispusimos a aguardar la llegada de Lord Leighton, entreteniéndonos, mientras tanto, en descubrir los hermosos objetos que nos rodeaban. El sirviente se alejó en silencio, con sus movimientos pausados y elegantes y aquella sonrisa casi imperceptible que, comencé a sospechar, probablemente no le abandonaba nunca. Dentro de la casa, pensé, entre tantos objetos exóticos de lejana procedencia, verdaderamente aquel hombre, con su *kurta* de lino y sus babuchas de satén, no resultaba tan fuera de lugar como me había parecido en un principio.

Me acerqué a Holmes, que contemplaba el retrato de la mujer sobre la chimenea que presidía la estancia y que no en vano había llamado su atención. Se trataba de una pintura verdaderamente extraordinaria.

Ajena a nuestra presencia, la modelo, una mujer joven y bonita, posaba de pie, con la mirada expectante, fija, en un punto indefinido, más allá de nosotros. Junto a ella una mesa de escritorio con útiles de dibujo y unos bocetos nos indicaban la actividad en que había estado ocupada hasta justo un instante antes, cuando algo o quizás alguien, la había hecho distraerse de su trabajo. Se trataba de un momento congelado en el tiempo para siempre, una sorpresa agradable a punto de ocurrir, la promesa de un acontecimiento maravilloso a punto de suceder. Resultaba asombroso cómo el artista había plasmado con brillante maestría la expresión del rostro de la muchacha, sorprendido, feliz y ausente al mismo tiempo.

La luz brillaba sutilmente en los grandes ojos de un profundo azul turquesa y el leve rubor de sus mejillas se perdía entre las suaves pinceladas que habían capturado el tacto de su piel. Unos mechones de cabello rubio rojizo se escapaban descuidadamente de su recogido, y caían sobre su cuello donde destacaba una única joya: un collar de pequeños diamantes y diminutas perlas blancas, que se entrelazaban entres sí, conformando un dibujo de encaje.

Excepto un largo lazo de terciopelo negro que se ceñía a la cintura, nada más adornaba el vestido de seda verde cuya textura y caída el artista había plasmado con total maestría y realismo. De hecho, la fidelidad de su trabajo con el original era tal que incluso mostraba una marcada cicatriz en la sien izquierda de la modelo, cicatriz que no afeaba en absoluto el bonito rostro, sino que, más bien al contrario, le añadía personalidad y singularidad, haciendo de su belleza algo único y especial.

Toda la escena transcurría en una atmósfera levemente dorada, que la hacía parecer distante e irreal y la joven, a pesar de la firmeza de las pinceladas, parecía extremadamente frágil y delicada, como si estuviera a punto de desvanecerse de un momento a otro.

—Buenos días, caballeros —nos sorprendió una voz a nuestra espalda. Holmes y yo habíamos estado tan absortos contemplando la pintura que no nos habíamos dado cuenta de que el sirviente había regresado con el señor de la casa. Y una vez más, mis ideas preconcebidas sobre lord Leighton y su entorno, volvieron a hacerse añicos estrepitosamente.

Lejos de ser un viejo caballero decrépito, el señor Leighton no debía tener más de 34 ó 35 años y no podía decirse que se tratara de un hombre mal parecido. Unos profundos ojos verdes nos contemplaban a través de los finos cristales de sus gafas y tenía unas facciones simétricas y bien proporcionadas. Me sorprendió que llevara el cabello castaño oscuro a la altura de los hombros, al contrario de cómo lo llevaban la mayoría de los jóvenes de clase alta de la época y, aunque iba impecablemente vestido y aseado había algo en él que transmitía una cierta idea de descuido y dejadez. Como si su imagen no le preocupara lo más mínimo y se limitara a cumplir con las exigencias de las normas sociales por puro compromiso.

—Soy Alexander Leighton. Es un placer conocer al famoso Sherlock Holmes y al doctor Watson. Ya veo que les ha llamado la atención la pintura —nos dijo, a manera de presentación, en un tono amable y cordial, obviando todo protocolo, mientras tomaba asiento invitándonos a hacer lo mismo frente a él.

—Mucho, en efecto —respondió Holmes—. Un trabajo magnífico. ¿La joven dama es Lady Leighton, supongo?

—Así es —respondió, asintiendo—. Es mi difunta esposa, Lady Elaine Leighton.

Habló en un tono neutro, como casual, pero la palabra "difunta" resonó en el aire, enrareciendo el ambiente, por lo inesperado de la misma. Sin duda, el joven matrimonio se había roto demasiado pronto y probablemente, demasiado inesperadamente.

—Lo siento —musitó Holmes, y lo dijo de veras. Y yo mismo me uní a las condolencias de mi amigo, en un silencio incómodo que el mismo Lord Leighton volvió a romper.

—El retrato es del artista americano John White Alexander. Desafortunadamente, tuvo que pintarla a través de fotografías porque en vida, nunca encontramos el momento para que pudiera posar —nos aclaró, y aunque era evidente que intentaba hablar sin cargar con emoción sus palabras, me pareció que había un velo de tristeza infinita en su tono. —Aún así hizo un trabajo excelente. ¡Pero imagino que no habrán venido para hablar de arte! De hecho, supongo que el motivo de su, por otra parte, agradable visita, es el robo del British Museum.

—Exactamente —se apresuró a confirmar Holmes—. Venimos del museo. Tanto Sir Bond como el señor Budge nos han informado de que fue usted el responsable de la excavación donde se descubrieron las piezas robadas.

Lord Leighton asintió, cruzando las piernas y relajando los brazos a los lados del sofá.

—Así es. No obstante, no veo cómo puedo ayudarles. Nada sé del robo y, aunque considero una verdadera pena la pérdida de los objetos sustraídos, ninguno es de mi propiedad.

—Estamos al corriente de esa circunstancia, Lord Leighton —intervine—. Nuestro interés consiste, básicamente, en saber algo más sobre las piezas robadas. En el museo también nos han dicho que nadie sabe sobre ellas tanto como usted.

Lord Leighton sonrió amargamente y se tomó unos segundos antes de responder.

—Me temo, caballeros, que Sir Bond, que era gran amigo de mi padre, ha sido muy generoso con sus palabras sobre mí. En realidad, la verdad es que mi prestigio académico se ha visto, digamos, algo mermado últimamente. De todas formas, si puedo ayudarles en algo, cuenten conmigo. A pesar de todo, la Egiptología sigue siendo mi gran pasión. Díganme, ¿qué desean saber sobre las piezas robadas?

—Le agradecemos su colaboración, Lord Leighton —respondió Holmes, acomodándose en su asiento. Las piernas cruzadas, los dedos de ambas manos unidas a la altura de su barbilla, la mirada fija en nuestro anfitrión—. En primer lugar, ¿tiene alguna idea de por qué el ladrón ha podido elegir exactamente esas piezas y no otras? Como sabrá, se trata de una selección muy variopinta.

—Lo es, sin duda. Esta mañana me informaron del robo y de los objetos desaparecidos. Debo confesarles que no tengo ni idea.

—¿No hay nada en común entre ellos?

—Aparte de que fueron encontrados en la misma tumba y pertenecieron a la misma persona, no.

—Interesante —Holmes guardó silencio unos segundos, como si estuviera replanteando sus preguntas. Finalmente, continuó.

—Lord Leighton, ¿podría hablarnos sobre la expedición? Tengo entendido que se trataba de la búsqueda de la tumba de un personaje de gran relevancia, ¿no es así?

El joven lord pareció sorprendido por el giro de las preguntas, pero al mismo tiempo complacido. Sin duda, era un tema del que le agradaba hablar.

—Por supuesto. La tumba pertenecía a Senenmut, el arquitecto real y hombre de máxima confianza del faraón Amenofis II. Ostentaba otros muchos cargos importantes y debía tener profundos conocimientos de astronomía. Su tumba estaba decorada con bellas pinturas que representaban el cielo nocturno con un realismo y precisión admirables para la época. Sin duda fue un hombre de gran poder en su tiempo, tanto que fue enterrado en el Valle de los Reyes, un privilegio únicamente reservado a los faraones y a sus hijos. Pero Senenmut, por lo que sabemos, era de origen humilde.

Durante casi dos años buscamos su tumba y ya estábamos a punto de abandonar cuando la encontramos. Verá, es una historia apasionante, si me permite la falta de modestia, aunque no es mío el mérito en absoluto. Todo comenzó con mi abuelo, Lord Carmichel Leighton. Fue de él de quien heredé mi pasión por Kemet, que así es como los antiguos egipcios llamaban a su tierra. Mi abuelo fue un apasionado de la civilización egipcia, amigo de confianza de Champollion, el descifrador de la escritura jeroglífica. De hecho, mi abuelo fue uno de los principales responsables de conseguir la Piedra Rossetta para nuestro museo. Pues bien, hace años, yo no había nacido aún, en uno de sus numerosos viajes a Egipto, el viejo entró en una tienda para protegerse un poco del abrasador sol de El Cairo, una de ésas en las que venden bagatelas y falsas antigüedades para turistas incautos o poco exigentes. Se paseaba entre los numerosos objetos, distribuidos de forma destartalada y sin orden por la caótica tienda, distraído y sin intención de comprar nada, cuando algo llamó su atención. Era un pequeño diario de tapas negras, muy estropeado y envejecido por el tiempo. Al abrirlo, descubrió que estaba escrito en alemán, idioma que mi abuelo dominaba a la perfección, por una mano femenina.

Parecía ser la bitácora de una dama que se había dedicado a recopilar canciones y cuentos populares entre los lugareños y a plasmarlos metódicamente en su pequeño cuaderno. Aunque en principio no parecía nada especial, mi abuelo tuvo entonces el mismo presentimiento que le había asaltado en otras tantas ocasiones cuando una corazonada le había llevado a comprar una mina de diamantes en Sudáfrica, a pedir la mano de mi abuela, o a cambiar su plaza de tren en el último momento, salvando su vida de un trágico accidente. Así que, sin pensárselo dos veces, pagó unas pocas monedas por él y salió de la tienda con el pequeño librito de tapas negras en el bolsillo derecho de su levita, sintiendo los latidos de su corazón latir vertiginosamente, convencido de que había realizado el mejor trato de su vida. ¡Y no se equivocaba el viejo astuto!

Nunca supimos quién fue la dama que había recopilado aquellas historias, pero entre ellas, había varias que hablaban de tres viejas tumbas olvidadas, protegidas por poderosas maldiciones contra quienes osaran profanarlas. Los datos sobre su ubicación resultaron ser exactos y precisos, tanto que siempre estuvimos convencidos de que ella misma había estado en los lugares que mencionaba. Fue así, gracias a este pequeño descubrimiento, que mi familia realizó los dos grandes hallazgos arqueológicos, cuyos resultados pueden ustedes contemplar hoy en nuestro museo.

La última tumba de este librito que aún se nos resistía, era la morada de un gran señor, la más temible y difícil de hallar. Ya mi abuelo lo intentó en vano. Así que, decidido a no defraudarle, allá donde quiera que descanse, a ello me dediqué en cuerpo y alma desde que heredé el título de lord. El problema es que el librito señalaba un área demasiado extensa y próxima a otras tumbas reales, por lo que estuvimos cavando durante meses a pocos metros sin el más mínimo resultado, sin ni siquiera intuir lo increíblemente cerca que estábamos de nuestro objetivo. Tan cerca y tan lejos.

Hasta que un día, una coincidencia casi ridícula, nos situó en el buen camino. Era esa hora entre las tres y las cuatro de la tarde, cuando el calor más arrecia en el Valle de los Reyes. Nada se puede hacer durante ese intervalo debido a las altas temperaturas así que normalmente nos dedicamos a descansar en nuestras tiendas. Los obreros lugareños que habíamos contratado se entretenían a la sombra de una de las laderas, jugando a las cartas con una baraja española que nadie sabe de dónde salió.

Pues bien, durante el juego, uno de los obreros acusó a otro de hacer trampas y, al parecer tenía razón, pues durante la reyerta, una carta se escapó de la manga de la chilaba del tramposo. El enfurecido acusador la lanzó por los aires, dispuesto a propinarle su merecido al otro y sin duda lo habría hecho si no hubiéramos salido de nuestras tiendas, alarmados por tanto alboroto, logrando evitar así que la sangre llegara al río. Mientras tanto, otro de los obreros, más preocupado por conservar la baraja completa para sus juegos, había salido corriendo detrás de la carta que, tras caer a varios metros, elevada por una repentina y rara brisa, había finalizado junto a una pequeña ladera, a unos veinte metros de nuestra ubicación.

Cuál no sería la sorpresa de nuestro ayudante, cuando al agacharse para recogerla del suelo, desde aquella extraña perspectiva, vislumbró lo que él nos describió como una "puerta de piedra en la tierra". Convencido de que había descubierto algo importante, el hombre vino corriendo hasta mí, que en aquel momento intentaba separar a los dos combatientes, y con grandes aspavientos, me convenció de que lo acompañara.

Corrimos hasta el lugar que me indicaba y me arrodillé junto a él. Efectivamente, allí estaba. Se trataba, indudablemente, de la entrada de una tumba. Inundado de una gran alegría, me volví a darle las gracias a

Mohamed, que así se llamaba, dispuesto a recompensarlo por su buena suerte que era la misma que nos había favorecido a todos y recogí la carta para devolvérsela. Jamás olvidaré aquel naipe: era el siete de espadas.

Nuestro hallazgo resultó ser una de las falsas entradas a la tumba de nuestro arquitecto real pero que, aún siendo falsa, nos puso sobre la pista de la verdadera ubicación de la misma y de la verdadera identidad y categoría del personaje. Desde entonces, sólo dos meses más de trabajo fueron necesarios hasta que finalmente, logramos nuestro propósito, pero fueron dos meses durante los que trabajamos con alegría y determinación, pues ya sabíamos que estábamos en buen camino. Y finalmente, el 10 de agosto de 1880 entramos, por fin, en la tumba perdida de Senenmut, llamado "El Sabio."

Tal como todos suponíamos, la cámara funeraria se encontraba absolutamente intacta y contaba con un ajuar funerario digno de un faraón, compuesto por más de doscientos objetos de gran belleza y relevancia. Estoy seguro de que mi abuelo, desde algún lugar, brindó por todos nosotros con una copa de su mejor brandy.

Maravillado por el relato de Lord Leighton, yo me había dejado transportar hasta las arenas del Sahara, imaginando la emoción de aquellos hombres al penetrar en un lugar que había permanecido intacto durante casi tres mil años, de manera que casi me sobresaltó la voz de Holmes, rompiendo el silencio:

—Fascinante —concluyó en tono frío y cortante, como si aquella interesante historia le trajera sin cuidado. Aunque yo sabía que no era así en absoluto —. Y dígame, ¿dónde está la momia? No la vi en el museo. ¿La han retenido en Egipto, quizás?

Y entonces, durante una milésima de segundo, pareció que Lord Leighton había recibido un golpe repentino, como si en absoluto se hubiera esperado esa pregunta y no estuviera preparado para responder a ella. Fue sólo un cambio sutil en su mirada ya que ni siquiera cambió su postura, pero tanto Holmes como yo lo percibimos, sin saber muy bien cómo interpretarlo. Inmediatamente, sin embargo, el joven pareció sobreponerse.

—¿No se lo han dicho en el museo? Bueno, pensaba que lo sabían. Verán, la momia de Senenmut "desapareció".

Holmes y yo nos miramos sorprendidos, en efecto, nadie nos había contado ese detalle, y el hecho de que nuestro anfitrión hubiera remarcado la palabra "desapareció" no podía sino intrigarnos más.

—¿Desapareció? ¿Quiere decir que la robaron, quizás? —pregunté.

—No —respondió, con cierta impaciencia—. Quiero decir exactamente que "desapareció" y a día de hoy, yo mismo, que estaba al cargo de la expedición, no sé cómo ocurrió. Verán. La noche después del hallazgo de la tumba, nos retiramos a nuestras tiendas habiendo dejado a tres de los obreros locales de guardia. Ya habíamos avisado a los funcionarios de El Cairo de nuestro descubrimiento, que no tardaron en personarse y al día siguiente enviarían una guardia formada por agentes de policía. Pues bien, esa última noche, la momia desapareció y los tres hombres que vigilaban la cámara y sus tesoros aparecieron muertos.

—¿Muertos, asesinados? —indagué.

—Si fueron asesinados nadie fue capaz de averiguar cómo lo hizo el asesino, pues no había herida alguna en sus cuerpos. Solo el más absoluto horror dibujado en sus rostros y los cuerpos....

Lord Leighton tardó unos segundos en continuar, negando con su cabeza, como si quisiera apartar de su mente el horrible recuerdo.

—Los cuerpos de los desdichados estaban contraídos de una forma atroz, nunca podré olvidarlo.

Nos habíamos quedado una vez más en completo silencio, sopesando las palabras del joven arqueólogo.

—*Sahib* —interrumpió entonces el sirviente indio, que hasta entonces había permanecido apartado, en silencio—. ¿Desea que sirva el almuerzo, señor? Ya es casi la hora.

Lord Leighton pareció entonces despertar de una horrible ensoñación, abandonando su semblante sombrío y volviendo a retomar la compostura.

—¡Por supuesto! ¡Caballeros, les ruego que disculpen mis modales! ¿Desean quedarse a almorzar conmigo? Será un placer disfrutar de su grata compañía.

—Nada nos gustaría más, desde luego —respondió Holmes—. Pero me temo que un largo trabajo nos espera aún.

—Ah, comprendo. No voy a quitarles más tiempo entonces.

—¡Sólo una pregunta más, si me lo permite!

—Por supuesto.

—¿Qué más desapareció esa noche, además de la momia?

Lord Leighton intercaló entonces una breve, casi imperceptible mirada con su sirviente, e inmediatamente, volviéndose hacia nosotros, respondió:

—Nada.

—¿Nada? ¿Entonces, cómo explica lo que ocurrió? ¿Era la momia tan valiosa como para robarla?

Alexander Leighton no contestó inmediatamente. Se pasó una mano por el largo cabello y se quitó las gafas, frotándose los ojos, como si aquel asunto le produjera un infinito cansancio.

—Eso tendría que preguntárselo al ladrón, si es que lo hubo. Como les he comentado, a día de hoy no sé qué ocurrió con la momia. Ni yo ni nadie de la expedición oímos nada. Aquellos pobres hombres murieron en el más absoluto horror sin proferir ni un solo grito. ¿Qué pudo aterrorizarlos tanto? Lo ignoro. Sólo sé que, desde el día siguiente, los lugareños se negaron a volver a la excavación, aduciendo las viejas maldiciones y patrañas que habían protegido la tumba, y sólo unos pocos valientes se aventuraron, a los que tuvimos que pagar el triple de la paga habitual. Afortunadamente, ese mismo día, el Ministerio de Antigüedades tomó el control y la custodia y ese ya no fue nuestro problema.

—¿Y qué hicieron las autoridades egipcias? —preguntó Holmes.

—No mucho más. Interrogaron al resto de la expedición, pero finalmente, al no encontrar pruebas de nada, terminaron abandonando el caso, hasta donde yo sé.

Verdaderamente, aquel asunto se volvía más complicado y misterioso según iban pasando las horas. Al ya de por sí intrigante robo del Museo Británico teníamos ahora que sumar la extraña desaparición de una valiosa momia y las muertes de aquellos pobres desdichados.

—Sin duda se trata de un asunto de lo más peculiar. Es posible que esté, de alguna forma, relacionado con el robo, ¿no cree Lord Leighton?

—Si es así no veo cómo —respondió, dudando.

—¿Ha notado si le falta algo en relación a sus trabajos de la excavación?

Sorprendido ante la pregunta, el arqueólogo, negó con la cabeza.

—No, creo que no. Al menos no he notado nada.

—¿Está completamente seguro? ¿Le importaría que lo comprobáramos con usted? Tenga en cuenta que es un asunto de vital importancia.

Lord Leighton pareció dudar un instante, pero enseguida accedió.

—Por supuesto. Vengan conmigo. Mi despacho está aquí al lado.

Acompañamos al joven lord y su sirviente a través de los pasillos de Leighton Manor hasta una habitación que daba a una amplia biblioteca. Allí, a pesar de que era un día frío, ningún fuego ardía en la chimenea y las cortinas permanecían echadas casi por completo, de forma que, a pesar de los grandes ventanales, poca luz entraba a través de ellos. La gran mesa de trabajo estaba repleta de papeles desperdigados con absoluto desorden. Libros de todo tipo se apiñaban en los sofás de la sala y hasta en pilas en el suelo y lo mismo ocurría con páginas manuscritas y cuadernos de notas.

Tras la gran mesa, un único grabado, que enseguida reconocí como una versión de la célebre obra de Corot, "Orfeo y Eurídice," constituía la única decoración de toda la sala. No pudo sino sorprenderme el desorden generalizado y la escasez de obras de arte en comparación con el orden, buen gusto y cuidada decoración del resto de la casa. Y, sin embargo, por alguna extraña razón, aquel decorado me pareció mucho más apropiado para el joven lord. Además, sin duda, él también parecía más cómodo entre aquellas paredes donde probablemente pasaba enfrascado en sus estudios la mayor parte del día.

Aguardamos a que Lord Leighton echara un vistazo alrededor, ante la atenta mirada de Holmes, aunque sinceramente, el desorden era tal que dudé de que, si efectivamente faltaba algo, él pudiera darse cuenta. No obstante, tras unos minutos de escrutinio, concluyó que nada le faltaba y que, sin duda, se había tratado de una falsa alarma de Holmes. Por ese motivo, las palabras del detective no pudieron sorprendernos más:

—Lord Leighton, créame si le digo que toda su vida puede tambalearse en las próximas horas. Le ruego que no salga de su casa desde este momento hasta mañana. Y lo que es más importante, tampoco deje que nadie entre.

El arqueólogo y su sirviente, se miraron entre ellos, con evidente sorpresa

—¡Pero señor Holmes! —protestó el joven—. ¿Qué quiere decir? ¿Piensa que nuestras vidas corren peligro?

—Sin duda alguna. Me es del todo imposible dar más detalles sin comprometer el resultado de la investigación, a la cual me debo. Pero me temo que este asunto entraña muchos más intereses que un simple robo. Les ruego, señores, que extremen al máximo el cuidado y sigan mis instrucciones.

Ante la gravedad de las palabras de Holmes y su determinación, finalmente ambos hombres accedieron, aunque a regañadientes.

—En tal caso, Lord Leighton, no le quitaremos más tiempo. Nos espera aún mucho trabajo por delante. Sólo les ruego —habló Holmes, creando un dramático silencio que prolongó un segundo más de lo pertinente— que sigan mis instrucciones. Recuerden: no salgan esta noche ni permitan que nadie entre.

Dejando el eco de sus palabras resonando en el abigarrado despacho, Holmes y yo nos dirigimos a la salida acompañados de Isham, sobre cuyo ceño se había cernido una sombra de preocupación.

El cielo se había cubierto ahora por completo de nubes de color gris oscuro y el frío nos golpeó en la cara. Me subí las solapas de mi abrigo de paño, y saqué de mi bolsillo los guantes de cabritilla que en una ocasión me había regalado Holmes, mientras la puerta de Leighton Manor se cerraba tras nosotros, custodiando los bellos objetos y fascinantes historias que en ella se albergaban.

—Va a ser una larga noche, Watson —me adelantó Holmes, una vez nos habíamos acomodado confortablemente en el carruaje–. Espero que no le importe acompañarme. También le agradecería que trajera consigo su arma, si no le es inconveniente.

No importaba cuántas veces había escuchado antes aquellas palabras. Para mí serían siempre la promesa de una aventura, del comienzo de la búsqueda del tesoro, del juego que seguía su ritmo, a punto de desvelar todos sus últimos secretos.

—¡Por supuesto, Holmes! Pero, dígame, ¿adónde iremos?

Él sonrió vagamente, pues sabía de antemano cuál sería mi reacción ante su respuesta. Y en efecto, mi sorpresa no pudo ser mayor al escuchar cuál sería nuestro destino al caer el sol.

Y, aunque no me importó, porque a aquellas alturas yo ya me había dejado cautivar por el atractivo del misterio al que nos enfrentábamos y sólo ansiaba llegar al fondo de la cuestión, mentiría si no reconociera que un leve escalofrío recorrió mi espalda. Mientras, nuestro carruaje avanzaba rápidamente por las calles de Londres de regreso a Baker Street.

Capítulo 4

El ángel de bronce

Recuerdo aquella noche como una de las más siniestras que pasé con Holmes, aunque el hecho de que se tratara de la víspera de Todos los Santos sin duda contribuyó a ello. Una espesa niebla se cernía sobre la ciudad, difuminando la luz de gas de las farolas que iluminaban las calles, creando un contraste de sombras fantasmagóricas. Pocas almas se habían aventurado en nuestro camino, pues la noche era tremendamente fría y húmeda y, aunque la tormenta que amenazaba desde la mañana no se había desencadenado aún, era evidente que no tardaría mucho más en romper con toda su violencia.

Nuestro carruaje avanzaba a paso rápido por las desiertas calles. Me había abrigado bien y podía sentir el peso de mi arma en el pecho, cuidadosamente guardada bajo mi abrigo. Ni Holmes ni yo hablábamos. Mi amigo había pasado el resto del día enfrascado en el estudio del mapa del museo y la lista de los objetos robados y se había mostrado absolutamente críptico al preguntarle por el motivo de nuestra salida nocturna.

Debo decir en mi defensa que no soy un hombre supersticioso. Y no es falsa modestia si afirmo que, tanto mis años de servicio en el ejército, como mi extensa colaboración con Holmes, durante la cual en no pocas ocasiones arriesgué mi vida, despejarán ante el lector cualquier duda sobre mi posible falta de valor. Y, sin embargo, debo afirmar que siento un profundo respeto, reverencial incluso, diría yo, por los lugares sagrados donde descansan los muertos. Y es que nuestro destino, aquella noche cerrada de otoño de 1883 no era otro que el cementerio de Highgate.

Situado al norte de Londres, Highgate se extendía como una segunda ciudad dentro de Londres. A través del silencio y la calma de sus avenidas, majestuosos mausoleos neogóticos y bellas tumbas decoradas con delicadas esculturas, constituían la última morada de los seres queridos de las familias más ricas de Londres.

A pesar de que el cielo se hallaba cubierto de nubes, por un momento el viento las desplazó, dejando que la luna llena brillara sobre nuestro destino justo cuando llegamos a él, ofreciéndonos un paisaje de cruces y tumbas a través de la cancela de acceso, protegidas por los árboles que se erguían como sus fieles guardianes protectores. No pude evitar sobrecogerme ante la quietud y extraña belleza del lugar.

El cochero nos dedicó una mirada desconfiada mientras Holmes le pagaba generosamente por el trayecto, pero no dijo nada. Se limitó a embozarse en su bufanda de lana negra y a encasquetarse el sombrero, luego restrelló su látigo contra los caballos y se alejó a paso rápido mientras el sonido de los cascos se desvanecía en la oscuridad abandonándonos en el inquietante silencio.

—¿Y ahora qué hacemos? —me volví hacia Holmes, preguntándome cómo franquear la enorme cancela de acceso. La luna se había vuelto a ocultar y nos hallábamos de nuevo en la más completa oscuridad. Hacía un frío intenso que calaba hasta los huesos y un fuerte viento húmedo nos azotaba en la cara y agitaba las ramas de los árboles, que parecían aullar delatando nuestra presencia.

Casi no había terminado de formular mi pregunta y Holmes no había tenido tiempo de responderme aún, cuando una tenue luz surgió de las profundidades del camposanto. Sin dudarlo, Holmes se aproximó a la cancela, haciéndome un gesto para que lo acompañara. Me acerqué junto a él, si bien mi corazón no podía latir más deprisa, mientras observaba cómo aquella luz se iba aproximando hacia nosotros, lenta pero inexorablemente, haciéndose cada vez más visible y potente e iluminando con su resplandor las cruces y tumbas a su alrededor. Pronto, el resplandor llegó hasta nosotros y entonces, envuelta en la bruma, pude distinguir primero una mano, rugosa y llena de cicatrices y, después, la figura encorvada de un anciano, con el rostro cubierto de arrugas y largos cabellos blancos y amarillentos a la altura de los hombros.

La visión del viejo portando la linterna no era, desde luego, la manifestación de ningún espíritu, pero tampoco era, en modo alguno, mucho más reconfortante.

Sin embargo, Holmes, para mi sorpresa, pareció alegrarse de verlo y lo recibió con la mejor de sus sonrisas y un cordial saludo.

—¡Señor Copperwhite! ¡Me alegra volver a verle, y en circunstancias mucho mejores que en nuestro último encuentro!

Me pregunté cuáles serían aquellas circunstancias aún "peores" que la presente en las que Holmes y su conocido se habían encontrado en otra ocasión. El viejo de la linterna sonrió abiertamente, mostrando una dentadura casi carente de dientes.

—¡Señor Holmes! ¡Soy yo quien se alegra de verle! —respondió, con una voz de ultratumba que se me antojó absolutamente apropiada para el entorno y la situación. Extrajo del bolsillo de su abrigo un manojo de llaves, eligiendo una mecánicamente e introduciéndola en la cerradura de la cancela. La llave entró limpiamente e hizo un suave clic al girar e igualmente suave fue el sonido de la enorme cancela al abrirse para nosotros.

Holmes y el desconocido se dieron la mano efusivamente y mi amigo hizo una rápida presentación:

—Señor Copperwhite, permítame presentarle a mi amigo el doctor Watson. Me será de gran ayuda esta noche en el asunto que nos ocupa.

El anciano, cuyo nombre parecía ser Copperwhite, asintió en silencio, alzando la linterna para iluminarme y verme mejor. Recuerdo sus pequeños ojillos vivarachos, como de ratoncillo, escrutándome bajo la luz, probablemente juzgando si yo estaría a la altura del "asunto que nos ocupaba."

Finalmente, Copperwhite bajó la linterna y volvió su atención a mi amigo, sin que me quedara realmente claro si su juicio sobre mi persona había sido positivo o negativo.

—Síganme —se limitó a decir, como toda indicación. Y a ello nos apresuramos Sherlock Holmes y yo.

Como si de un moderno Caronte se tratara, Copperwhite comenzó a caminar ante nosotros, guiándonos con la luz de su farol a través de las calles y avenidas del cementerio. Caminaba lentamente y sin hacer ruido alguno, pisando con cuidado sobre la hojarasca, como si temiera despertar a quienes dormían en tan quietas tumbas. A nuestro paso, la luz iluminaba durante breves segundos las esculturas de ángeles y niños que decoraban los sepulcros, así como los elegantes mausoleos, pequeñas capillas que albergaban a varios miembros de una misma familia, para instantes después, volver a sumirse en las tinieblas y en el olvido.

Sólo el silbar del viento y el sonido de nuestras pisadas interrumpía la calma si bien, en algún momento, me pareció escuchar unos leves susurros que se apagaron súbitamente, tan pronto me volví hacia la dirección en la que me pareció oírlos. Aunque ahora sé que probablemente no fue más que mi imaginación, en aquel momento me parecieron tan reales como lo eran mis propios compañeros.

—Aquí es —anunció Copperwhite, deteniéndose súbitamente ante una de las tumbas.

Muchos años después de aquella noche, aún puedo verla nítidamente simplemente cerrando los ojos. ¿Se puede mitigar el dolor de una pérdida usando la belleza para ello? No lo sé. Pero quizás esa fue la intención del artista que creó el que, hasta hoy, sigue siendo el sepulcro más hermoso que han contemplado mis cansados ojos.

Con las alas extendidas en todo su esplendor, una bella figura femenina de bronce en tamaño real se apoyaba con delicadeza sobre una sencilla lápida de piedra. La joven parecía ser un ángel y sin duda su rostro era el de tal, con los largos cabellos recogidos en la nuca, los brazos desnudos apoyados sobre la piedra, la larga y vaporosa túnica desplegada sobre la tumba, marcando su forma y fundiéndose con ella. A la luz del farol, los rasgos de la escultura mostraban la más profunda de las penas, pero era al mismo tiempo un dolor contenido y sereno que no alteraba sus facciones perfectas y el realismo era tal que parecía que de un momento a otro iba a abrir los ojos, sorprendida por nuestra intromisión.

Caprichosamente, la hiedra había comenzado a trepar sobre la lápida de piedra y se había enredado entre la cintura y el hombro de la escultura de bronce, como si fuera un adorno del vestido del ángel. Pensé que parecía que la misma naturaleza, había deseado contribuir a la belleza del conjunto.

Holmes tomó el farol de Copperwhite y lo acercó a la sencilla lápida de forma que todos pudimos leer la inscripción tallada en la piedra, bajo el escudo de armas de la familia Leighton:

Lady Elaine Jessica Leighton.

11 de marzo de 1852 —30 de mayo de 1881.

Illae obitu obscuratio omnia inuoluit.

—“Con su partida, la oscuridad lo cubrió todo”—tradujo Holmes del latín en un susurro.

Así que aquel era nuestro destino final aquella noche, el motivo de nuestra visita nocturna al cementerio de Highgate: la tumba de Lady Leighton, la fallecida esposa del joven lord arqueólogo, pero ¿por qué? ¿Cuál era nuestro cometido allí? Las preguntas se agolpaban en mi mente y estaba a punto de estallar a formularlas.

—¡Ahora se lo explicaré todo, Watson! —dijo Holmes, leyendo mi pensamiento—. Pero antes debemos escondernos, no hay mucho tiempo. Copperwhite, ¿alguna sugerencia?

El anciano señaló con su linterna hacia un mausoleo que se erguía frente a la tumba de Lady Leighton, y hacia allí nos dirigimos. En efecto, el lugar, edificado en estilo neogótico, era ideal para ocultarnos pues una pequeña muralla rodeaba la puerta de acceso de forma que nos podríamos agachar allí sin ser vistos desde ningún ángulo.

—¡Gracias, Copperwhite! ¡Le debo una!

El viejo sonrió, mostrando nuevamente su destartalada sonrisa.

—¡Oh, no, nada de eso, señor Holmes! ¡Por mucho que haga soy yo quien siempre estaré en deuda con usted!

Holmes y él se miraron y, para mi sorpresa, me pareció ver una sombra de algo parecido a afecto en la mirada de los dos hombres. ¿Sería posible? Definitivamente el anciano no parecía dado a semejantes sentimientos y doy fe de que tampoco Sherlock Holmes lo era.

—Márchese, querido amigo —le respondió Holmes—. No queremos que pierda su empleo como guarda nocturno del cementerio. ¡Y recuerde! Tenga cuidado...

El viejo asintió.

—Lo tendré, señor Holmes, no se preocupe por mí. ¿Quieren que les deje el farol? No lo necesito, conozco este lugar como la palma de mi mano. ¡O incluso mejor!

La pregunta me inquietó, más que sorprenderme. ¿De verdad aquel hombre consideraba siquiera la posibilidad de dejarnos a oscuras en aquel lugar?

Pero más aún me sorprendió la respuesta de Holmes:

—¡Lléveselo! No podemos correr el riesgo de ser descubiertos.

—¡Pero Holmes! —protesté, no dando crédito. Era realmente peligroso quedarnos a allí, sin ver absolutamente nada. ¿Para qué me había hecho llevar mi arma, pretendía que dispara en la oscuridad?

—¡No se preocupe, Watson! Le aseguro que no estaremos mucho tiempo a oscuras.

Contrariado y decidido a no sacrificar mi dignidad, preferí guardar silencio. Llevábamos tiempo en el cementerio y aquel frío húmedo estaba empezando a hacer mella en mi ánimo. Tenía tantas preguntas que no sabía por cuál empezar y la oscuridad comenzó a envolvernos conforme el viejo guarda se alejaba de nosotros, llevándose consigo nuestra luz. Si hubo un momento, en nuestros largos años de amistad en que estuve a punto de romperla para siempre, fue aquel. ¡Solos y a oscuras, escondidos en un tétrico mausoleo sin saber qué nos aguardaba! ¡Con aquel frío, en plena noche y con una gran tormenta a punto de descargar! ¡Pues bien, esperaba que Holmes me diera respuestas y que me las diera enseguida o yo no volvería a acompañarle en ninguna de sus aventuras!

—¡Holmes, sinceramente, estas no son formas! ¡No puede arrastrarme hasta aquí y tenerme en ascuas!

—Mi querido Watson, le he prometido que se lo explicaría todo y así será, pero no tenemos mucho tiempo. Dígame, qué quiere saber.

—¡Que qué quiero saber! ¿Lo dice en serio, Holmes? ¿En primer lugar, qué demonios hacemos aquí? Si es por los robos de cadáveres que, en apariencia, tan sin cuidado le traían, nos hemos equivocado de cementerio. Los robos fueron en Kensal Green y esto es Highgate.

—¡Oh, en serio Watson! ¡No me diga! ¡En tal caso lamento informarle de que he cometido un fatídico error! —me replicó, en tono teatral, fingiendo una terrible ofensa.

—¡Déjese de bromas, Holmes, le aseguro que no estoy de humor!

—¡Por supuesto que sé que esto no es Kensal Green, Watson! Y yo nunca he dicho que los robos de esas pobres mujeres me trajeran sin cuidado, lo que he dicho es que me parecían más urgentes los asuntos de los vivos. Además, no se preocupe, Scotland Yard ha puesto tanta vigilancia allí que aquello más que un cementerio esta noche parecerá una feria. Tarde y mal, como siempre pues es del todo innecesario. Estoy convencido de que a partir de esta noche ya no habrá más robos en ese cementerio, ni en ningún otro. Bueno, rectifico, habrá uno más. En éste. En unos minutos.

—¿A qué se refiere? ¿Insinúa que van a robar el cuerpo de Lady Leighton? ¿Y cómo sabía ese hombre, el guarda, Copperwhite, que veníamos al cementerio? ¿Y qué tiene esto que ver con el robo del British Museum?

Holmes se arrellanó en el hueco, sus largas piernas cruzadas con sorprendente flexibilidad, y se subió las solapas de su abrigo.

—Copperwhite es un viejo conocido —comenzó, en tono enigmático—. En cierta ocasión le salvé de una muerte segura. Le habían condenado a la horca injustamente por un asunto muy turbio. Pero alguien contactó conmigo para que intercediera por él.

—¿Alguien? ¿Quién?

Holmes guardó silencio y miró alrededor, como sopesando si debía responderme dadas las circunstancias y su conclusión debió ser que sí pues finalmente me contestó:

—La Reina Victoria.

Estallé en una sonora carcajada que retumbó en el eco del mausoleo, ante la cual Holmes se mantuvo impertérrito.

—¡Vamos, Holmes! ¡Se lo está inventando todo!

—Le aseguro que cuanto le digo es rigurosamente cierto.

—Ya. Claro. Y la reina de Inglaterra es quien le ha dado el trabajo de guarda de Highgate.

—Pues sí. ¿Cómo lo ha sabido? —Holmes ignoró mi tono de incredulidad y continuó—. Copperwhite fue uno de mis primeros clientes y siempre me estuvo muy agradecido, ya lo ha visto. Esta tarde envié a uno de los Irregulares con un mensaje para él explicándole que necesitábamos que nos colara esta noche en el cementerio y nos enseñara la tumba de Lady Leighton, favor al que, como esperaba, accedió inmediatamente.

Para mi sorpresa, Holmes no parecía bromear y, en efecto, nunca lo había hecho en relación a sus clientes. En ocasiones me había ocultado alguna identidad, pero nunca había mentido sobre ellas.

—Holmes, ¿de verdad pretende que me crea que la Reina Victoria, en algún momento, se preocupó por el destino de ese pobre viejo y le contrató a usted?

En la oscuridad de la noche, Holmes me miró, sorprendido. Quizás, si esta conversación hubiera tenido lugar unos años después, yo nunca lo hubiera puesto en duda. Más adelante supe que la Reina Victoria era una asidua lectora de mis relatos y que, en más de una ocasión, recurrió a Holmes, para resolver delicados asuntos de Estado. Pero en aquel momento, hacía sólo dos años desde nuestro primer encuentro y, aunque ya entonces, yo era consciente del talento y singular valía de Holmes, había mucho de él que aún tendría que descubrir poco a poco.

—¡De verdad, Watson que no le entiendo! —protestó, al parecer, ofendido—. ¡Me pide respuestas, se las doy, aún a riesgo de comprometer la confidencialidad que avala mi reputación y pone en duda mi palabra! ¡Pues déjeme decirle que las cosas no siempre son lo que parecen y que este fue un caso en verdad extraordinario porque...

Fue entonces cuando el sonido de un carruaje que se acercaba hizo que Holmes interrumpiera su explicación y que los dos nos agazapáramos, vigilantes, bajo la pequeña tapia que nos servía de protección.

Amparado en la oscuridad, apenas iluminado por un pequeño farol, un carro se acercaba al galope. Se trataba de un simple carromato de aspecto destartalado, tirado por cuatro caballos. Pararon en la avenida, justo a la altura de la tumba de Lady Leighton, frente a nuestro improvisado escondite. Miré a Holmes, que me hizo un gesto para que observara. Saqué mi arma del abrigo y la preparé para usarla.

Del carromato descendieron cuatro figuras, una de ellas embozada, las otras con la cara al descubierto, aunque por la escasa luz, era imposible distinguir sus rostros. ¿Quiénes eran aquellos hombres? ¿Realmente iban a profanar la tumba de la desventurada lady Leighton? ¿Por qué? Al menos, la primera de mis preguntas se vio respondida inmediatamente pues del carromato sacaron varias palas con un obvio propósito.

—¡Santo Dios! ¡Esto es una profanación! —musité a Holmes—. ¡Tenemos que impedirlo!

Holmes me hizo una señal para que aguardara. Quería ver qué ocurría a continuación.

Tres de los hombres se apresuraron hacia la tumba, mientras otro hacía guardia. No parecía que ninguno de ellos fuera armado, aunque apenas se veía nada pues las nubes ocultaban ahora por completo la luna llena.

Y de repente, justo cuando uno de ellos alzaba su pala y la hundía en la tierra, un rayo estalló en el cielo, iluminando la siniestra escena. Apenas un instante después, el rugiente sonido del trueno cayó sobre nosotros, acompañado por una lluvia torrencial. Como si todos los elementos se hubieran confabulado para impedir el cometido de los bandidos, también el viento comenzó a soplar con gran violencia, agitando los árboles e incrementando la fuerza de la lluvia.

Tras un breve segundo de duda, durante el que los hombres se volvieron al embozado que los guiaba, estos parecieron recuperar su confianza y retomar la horrorosa tarea que les ocupaba, cavando con renovada fuerza y rapidez. La lluvia y el viento mitigaban el sonido de las palas, pero yo nunca olvidaré los golpes rítmicos en la tierra, los jadeos de esfuerzo de los maleantes, la tierra que extraían amontonándose en el suelo.

Pronto, alcanzaron el ataúd de la joven lady y entonces, abandonando las palas, se afanaron en extraerlo de su morada. Me horroricé. ¿Serían capaces de abrirlo para profanar el cadáver?

—Es suficiente, Watson. ¡Detengámosles! —musitó Holmes.

Tan pronto lo dijo, salimos de nuestro escondite precipitándonos sobre ellos, amenazándoles con mi arma.

—¡Deténganse! ¡Scotland Yard llegará enseguida! —gritó Holmes, si bien su grito se apagó con un nuevo trueno.

Aún así, la sorpresa y el miedo se reflejaron en las caras de los criminales que, inmediatamente, se detuvieron.

—¡Levanten las manos! —les grité, intentando dejar claro que no dudaría en usar mi arma contra ellos, como en efecto, así era.

Los hombres hicieron como les pedí, alzando las manos en alto, mientras nos aproximábamos a ellos. De repente, un nuevo trueno estalló en el cielo. Durante un leve segundo pude vislumbrar el ataúd en el suelo, la tumba abierta, los rostros de los hombres desencajados por la sorpresa y el miedo.

El hermoso ángel de bronce continuaba apoyado sobre la lápida, pero ahora su rostro ya no parecía sereno y contenido sino alerta y furioso, por haber mancillado su belleza, por haber tenido que presenciar la destrucción de la tumba de su protegida.

—¡Watson! —oí que Holmes gritaba a mi espalda. Fue entonces cuando me di cuenta, de los cuatro hombres sólo había tres a mi vista. ¿Dónde estaba el embozado? Apenas pude plantear este pensamiento. Sólo recuerdo un fuerte golpe en mi cabeza y el estruendoso sonido de un arma al dispararse.

—"Holmes" —pensé. Caí al suelo, junto a la lápida de piedra. Mientras mis ojos se cerraban pude vislumbrar vagamente el epitafio en latín: *Illae obitu obscuratio omnia inuoluit.*

Y, por un caprichoso recurso de la mente recordé la traducción que Holmes había susurrado al llegar: "Con su partida, la oscuridad se cernió sobre todo".

Y la oscuridad se cernió sobre todo.

Capítulo 5

La caja de madera de sándalo

La India. Caminaba entre una multitud, podía sentir el calor del sol en mi cara y el aroma de las especias flotaba en el ambiente. Los colores brillantes de los sharis de las mujeres indias se mezclaban con los más oscuros de los uniformes de mis compañeros. Todo estaba bien. No había dolor, la guerra era una posibilidad lejana, el mundo era un lugar fascinante, lleno de olores, sabores y experiencias aún por descubrir. Pero de repente, el color y el sol desaparecieron y ya no olía a especias, sino a sangre, sudor y muerte. A mi alrededor, mis compañeros caían, envueltos en polvo y gritos de dolor y, perdido entre una bruma imposible, yo mismo caí para levantarme de nuevo, ahora en el interior de una extraña tumba que no me pertenecía, pero de la que no podía salir.

—Todo está bien, Watson.

Miré a mi alrededor, pero no vi más que a los obreros de la excavación asesinados, con el horror reflejado en sus caras, como Lord Leighton los había descrito esa misma mañana.

—¡Watson, despierte!

Abrí los ojos. No estaba atrapado en ninguna tumba, sino que yacía en el suelo de Highgate, rodeado de tierra y de fango y la lluvia caía con fuerza sobre mi cara. Sherlock Holmes estaba a mi lado, mirándome con preocupación.

—¿Se encuentra bien, Watson? Ha recibido un buen golpe en la cabeza.

Apenas podía escuchar su voz, amortiguada por el sonido del agua y el viento.

Tras él, el viejo idéntico a Caronte, se asomó portando la linterna y el resplandor del fuego me cegó por un instante. Cerré los ojos y al volver a abrirlos, Holmes me ayudó a incorporarme.

—¿Qué ha pasado? Mi cabeza... —murmuré inspeccionándome mecánicamente. Tenía una buena contusión, pero no parecía nada grave—. ¡Escuché un disparo!

Holmes asintió.

—Uno de los ladrones me disparó, pero el que llevaba la cara cubierta le golpeó el brazo, evitándome una muerte segura. Ha sido culpa mía, Watson. Debí haber previsto que podrían ir armados.

Su voz sonaba apesadumbrada.

Todo daba vueltas a mi alrededor así que agradecí enormemente la ayuda del viejo y de Holmes, que me ayudaron a moverme. Las imágenes de lo ocurrido iban tomando forma en mi cabeza poco a poco.

—¡Han profanado la tumba de Lady Leighton! —comprendí finalmente.

—Ciertamente —respondió Holmes, con calma. —De hecho, se han llevado el ataúd sin que haya podido hacer nada por evitarlo, ante nuestras propias narices. Pero nada está perdido aún.

Tomó el farol que el viejo le ofrecía. Tenía un aspecto sombrío y derrotado. En todos mis años con él, sólo una vez más, al cabo de muchos años, volvería a verle tan decepcionado.

—¿Y qué propone que hagamos?

Sherlock Holmes se tomó un momento para responderme, después se volvió hacia mi con resolución, sus ojos grises fríos como el viento que nos azotaba.

—Ir a recuperarlo, por supuesto.

*****

Si nuestro primer destino de la noche, el cementerio de Highgate, ya había sido para mí de lo más inesperado, mucho más, indudablemente, lo fue el siguiente.

La tormenta, lejos de amainar, descargaba aún con más fuerza, la lluvia caía con un rugido ensordecedor y un gran relámpago cayó estrepitosamente a nuestra llegada, iluminando Leighton Manor.

La hermosa mansión, que por la mañana me había parecido sobria y elegante, ahora se alzaba amenazadora y hostil, a la luz de gas de las farolas que se desdibujaban bajo la lluvia y los relámpagos.

—¿Cree que nos abrirán, Holmes?

—Estoy seguro de ello, Watson. Es más, me atrevería a aventurar que nos aguardan...

Y en efecto, la puerta principal de Leighton Manor se abrió para nosotros tras unos segundos de espera y tras ella, apareció el rostro, ya familiar para Holmes y pare mí, de Isham, el sirviente indio de Lord Leighton. Tal como había adelantado mi amigo, no había ni rastro de sorpresa en su expresión, pero sí algo de resignación y, yo diría, incluso de alivio. Pero, ¿por qué?

En silencio, haciendo una leve reverencia se apartó a un lado abriéndonos el paso y la puerta se cerró tras de sí.

—Hemos venido a ver a su señor —anunció Holmes, escuetamente, con un tono hostil que no supe cómo interpretar.

Como respuesta, Isham hizo una pronunciada reverencia. Hasta ese momento no me había percatado de que no iba vestido con las exóticas prendas de la mañana, sino con ropa occidental que, como la nuestra, estaba empapada. Aparte de la entrada, el resto de la casa se hallaba en completa oscuridad y sólo un candil reposaba sobre la consola de los discos de jade y tibores de porcelana, que ahora, por efecto de la luz directa, relucían con un brillo irreal, que hacía evidente hasta el más pequeño matiz de verde del bello mineral y la exquisita delicadeza de la pintura azul sobre el fondo blanco de la porcelana.

—Mi señor les aguarda. Por favor, síganme —nos respondió. Acto seguido, tomó el candil y, como aquella mañana, nos dispusimos a seguirle. Sólo que esta vez, en vez de guiarnos hasta el gran salón, giró a la izquierda y bajamos por unas escaleras que conducían a las cocheras de la casa.

Me llevé la mano al lugar donde había guardado mi arma, dispuesto a utilizarla si era necesario, pues las circunstancias no me parecían las más seguras. Sin embargo, Holmes, me hizo una señal para que me contuviera y, tras un breve intercambio de miradas, decidí seguir su criterio.

No obstante, me prometí a mí mismo mantenerme alerta en todo momento y no dudar en usar mi arma si nos veíamos ante el más mínimo peligro. La cabeza seguía doliéndome, como un desagradable recordatorio de mi imprudencia y no estaba dispuesto a comprometer de nuevo nuestra integridad.

Mientras, habíamos descendido por las escaleras, hasta llegar al nivel de las cocheras. Sin embargo, en vez de detenernos, continuamos bajando, aunque ahora el tramo se había hecho mucho más estrecho y difícil de transitar. No obstante, se vislumbraba una luz al final de un par de tramos, por lo que aventuramos que nuestro destino y la resolución del misterio, se hallaban a escasos metros de nosotros.

—Síganme, por favor —nos indicó, Isham, que había hecho una breve pausa para que nos acostumbráramos a las nuevas e incómodas dimensiones de la escalera y al aumento de luz. Le seguimos hasta el rellano final, donde él se hizo a un lado, cediéndonos el paso indicándonos con un gesto que avanzáramos.

Lo que vimos a continuación, simplemente, me dejó sin palabras.

Nos hallábamos en un lugar que, tiempo atrás, había sido utilizado como bodega, las grandes estanterías de madera hasta el techo que cubrían las desnudas paredes de ladrillo así lo indicaban. El suelo también se hallaba en bruto. Sin embargo, toda la estancia estaba bien iluminada, con numerosas lámparas de techo y otras dispuestas en improvisadas mesas, cubiertas de papiros egipcios y manuscritos. Al fondo de la estancia, destacaba de forma grotesca lo que no puede describirse sino como una camilla de operaciones, igual a las que se observan en cualquier hospital, o en cualquier morgue.

Y junto a ella, descansando en el suelo, se encontraba el que sin duda era el ataúd recién desenterrado de la joven lady.

Pero, sin embargo, no era el único ataúd. Otros tres ataúdes más, pero éstos de sencilla madera de pino, se amontonaban, al fondo de la sala.

Habían sido abiertos.

No pude evitar preguntarme si estarían vacíos o albergarían aún cuerpos en su interior, y sólo imaginar una posible respuesta hizo que sintiera una breve náusea que, dada mi amplia experiencia como médico, no puedo si no atribuir al golpe en la cabeza, al frío por la ropa mojada o a la sensación de incertidumbre.

Y justo ante nosotros, Lord Alexander Leighton, nos observaba, imperturbable.

—Señor Holmes, Dr. Watson, debo admitir que confiaba en que este momento no llegara, pero, por otra parte, confieso que no estamos sorprendidos. Su fama no es inmerecida.

Mi cerebro funcionaba a toda rapidez, intentando encajar las palabras de Lord Leighton en una historia que apenas comenzaba a cobrar sentido para mí.

—Lord Leighton, yo también confiaba en evitar esta desagradable escena. Mi advertencia de esta mañana iba encaminada a ello. Recuerde, le pedí que no saliera, pero igualmente y, sobre todo, le pedí que no permitiera que "nadie" entrara en su casa. Sin embargo, debí haber imaginado que un hombre que había llegado tan lejos, arriesgando todo cuanto posee, no desistiría ante una mera advertencia.

Lord Leighton, sonrió sombriamente, moviendo la cabeza en un acto de negación.

—Señor Holmes, ni el mismísimo diablo que volviera del Averno esta noche para arrastrarme con él a las profundidades podría hacerme desistir de lo que voy a hacer. Llevo tres años preparando lo que va a ocurrir esta noche. Créanme, nada podrá detenerme.

La cabeza volvía a dolerme terriblemente, el frío me calaba los huesos, necesitaba respuestas.

—Pero, ¿qué es lo que va a ocurrir? ¿Qué hace aquí el ataúd de Lady Leighton? ¿Y esos otros ataúdes? ¡Santo Dios, qué está pasando! Sentí que la habitación daba vueltas y tuve que apoyarme en una silla para evitar desvanecerme. Enseguida Holmes y el propio Lord Leighton acudieron en mi ayuda, facilitándome un asiento.

—Isham, por favor, sirve una copa de brandy al doctor Watson —le escuché ordenar al joven arqueólogo, mientras yo me sostenía la cabeza, en un intento de que todo dejara de dar vueltas a mi alrededor.

—Mi querido Watson, es evidente —dijo Holmes, una vez se había asegurado de que me encontraba bien—. El ladrón del robo del Museo Británico y del cadáver de Lady Leighton, así como de los otros robos de cuerpos en Kensal Green no es otro que el propio Lord Leighton.

Levanté la vista hacia el joven, que me miraba, imperturbable, con el ceño fruncido y un brillo de determinación en su mirada.

—¿Pero por qué? ¡No tiene sentido!

Sentí los pasos de Isham, que se acercaba ofreciéndome una copa. Bastó el aroma de la bebida para reanimarme y hacerme sentir mejor y un trago para que comprobara que la calidad era excelente.

—En realidad, sí que lo tiene, para Lord Leighton, al menos —continuó Holmes—. Me temo, Watson, que está convencido de que ha logrado la forma de traer de regreso a la vida a su esposa.

Estuve a punto de soltar una carcajada ante semejante idea, pero el semblante grave del arqueólogo y de su sirviente me convencieron de que, por absurda que pareciera la hipótesis de Holmes, una vez más, había acertado. Aún así, no quise reprimir una mirada de autosuficiencia.

—¡Hacer volver a alguien de la muerte! ¡Pero por amor de Dios, Lord Leighton! Es usted un hombre de ciencia, un caballero instruido. Estoy seguro de que ha estudiado en los mejores colegios y universidades. ¡De dónde ha sacado semejante superchería!

Para mi sorpresa, lejos de ofenderse, el joven se mantuvo imperturbable. Dudó unos segundos, y dio unos pasos sobre sí mismo, como si estuviera sopesando qué hacer a continuación, una mano tras la espalda, la otra con el puño cerrado sobre sus labios. Finalmente se detuvo, decidido.

—Isham, trae "la caja".

—¿La caja? ¡Pero señor...!

—Haz lo que te indico —respondió, secamente. El sirviente hizo una leve reverencia y se marchó, abandonando la sala.

—Caballeros —comenzó, dirigiéndose a nosotros—. No dispongo de mucho tiempo, lo que debo hacer debe hacerse esta noche sin falta. Pero sé que no puedo dejarles ir sin, al menos, una respuesta, una explicación de porqué he hecho lo que he hecho. No obstante, les advierto: lo que van a escuchar aquí esta noche, si deciden quedarse, puede que cambie el rumbo de sus vidas, no sé si para bien. Lo que sé ha cambiado la mía, desde luego. No obstante, son ustedes libres de marcharse en cualquier momento. Cuando deseen. No voy a retenerles aquí contra su voluntad.

Hablaba con absoluta convicción y con la fe de un hombre que sabe que la verdad está de su mano. Comencé a temer por su cordura, sin duda la muerte de su joven esposa le había trastornado.

—Lord Leighton —le respondió Holmes, amablemente—. Debo informarle de que estoy obligado a comunicar a Scotland Yard todos los actos delictivos en que ha incurrido: el robo de los objetos del British Museum y, por supuesto, los robos de los cuerpos. Hoy mismo, sus esbirros han intentado matarnos, cuando tratábamos de evitar la profanación de la tumba de su esposa y no es sino por pura suerte que estemos vivos ahora mismo.

Lord Leighton escuchó con entereza las acusaciones de Holmes, pero no pareció abatirse ni por una milésima de segundo. Al contrario, ahora parecía incluso más seguro de sí mismo.

Tomó asiento en una de las sillas y animó a Holmes a hacer lo mismo. La luz se hizo un poco más tenue y fuera parecía que la tormenta estaba amainando.

—Sé lo que piensan de mí. Que soy un loco depravado, la deshonra de los más de trescientos años de historia de mi familia —hizo una breve pausa—. Créanme que nunca fue mi intención poner ninguna vida en peligro. Los vigilantes del museo sufrirán soñolencia unos días, pero les aseguro que jamás estuvieron en peligro —. Realizó una breve pausa y continuó, en tono apesadumbrado—. En cuanto a los robos de los cadáveres, como comprenderán en breve, verán que el fin justifica los medios. Fue algo imprescindible y en mi defensa debo alegar que tomé no pocas precauciones para hacer el menor daño, dentro de lo posible.

—Por eso —apuntó, Holmes— siempre eran cadáveres de mujeres sin familia.

Lord Leighton asintió en silencio.

—Efectivamente. De esta forma, evitaba cualquier posible dolor a los parientes vivos. Esas pobres mujeres estaban solas, nadie lloraría porque hubieran sido arrebatadas de sus tumbas.

Así que a eso se refería Holmes aquella mañana. Aquel pobre diablo, en su locura había al, menos, tenido algo de misericordia.

—¡Pero casi nos matan esta noche! —exclamé—. Su gente no fue precisamente cuidadosa con nuestras vidas.

—Doctor Watson, desgraciadamente, el asalto de tumbas no es una actividad en la que abunden los caballeros. No se imaginan qué tipo de gentuza se dedica a ello. ¡Y con qué fines! No tuve más remedio que contratar, si es que puede definirse así, a un grupo de individuos de la peor calaña. Nunca me fie de ellos, es por eso que mi fiel Isham siempre los acompañó en sus incursiones para que sus fechorías nunca fueran más allá de lo estrictamente imprescindible. Fue él, caballeros, quien les salvó la vida esta noche, golpeando al que les disparaba y desviando la trayectoria de la bala. Sin embargo, doctor Watson, no pudo evitar el golpe en su cabeza y le pido disculpas por ello.

—¡Disculpas! ¡Casi me mata! —protesté indignado, llevándome la mano a la parte donde había recibido el golpe, mientras comprendía por qué el embozado me había resultado tan familiar, no era ningún criminal al que ya nos hubiéramos enfrentado, era el propio Isham.

—Contratar a esos delincuentes es lo peor que he tenido que hacer, pero no tuve otra opción. Una vez que me decidí a poner en marcha mi plan tuve que tomar decisiones como esta. Solo puedo decir en mi defensa que actúo en bien de la ciencia y de toda la humanidad.

—Lord Leighton —intervino Holmes, poniéndose en pie—. No me cabe duda de que es usted un caballero, pero sus actos son claramente delictivos por mucho que haya intentado actuar como tal. Debo recordarle que ha robado quince valiosos objetos al Museo Británico y para recuperarlos he sido contratado.

—¡Hace tan sólo unos años esos objetos me habrían pertenecido por derecho propio! No tiene ni idea de por todo lo que he tenido que pasar y de la fortuna que invertí en encontrar esa tumba, fortuna de la que no he recuperado ni un céntimo. De todas formas, señor, Holmes, le aseguro que esos objetos no significan nada para mí, ni siquiera pretendo conservarlos.

—¡Evidentemente! —corroboró Holmes, con una sonrisa de autosuficiencia—. De hecho, en realidad sólo necesita "uno de ellos", ¿no es así?

Un profundo silencio se hizo en la sala. Lord Leighton se puso en pie, enfrentándose a Holmes, los dos hombres mirándose frente a frente.

—En efecto, pero ¿cómo lo ha sabido? ¿Cómo ha podido averiguar todo esto?

Holmes sonrió nuevamente, acercándose a la mesa donde descansaba la botella de brandy y sirviéndose una copa.

—Verá, Lord Leighton. Soy Sherlock Holmes y mi trabajo consiste en saber cosas que los demás no saben. Se lo contaré, no obstante, más tarde, si así lo desea.

—Señor Holmes, puede marcharse ahora mismo, como les dije, nadie va a retenerlos aquí contra su voluntad. Pero nada va a impedirme…

—¡Sí, sí, nadie va a impedirle hacer lo que tiene que hacer, ya lo ha dicho antes! —interrumpió mi amigo, con fastidio—. Estoy seguro de ello, como también de que su "experimento" resultará un completo fracaso.

Lord Leighton iba a protestar, pero Holmes le hizo callar con un gesto.

—La verdad, Lord Leighton, es que no me importa en absoluto lo que haga con el cadáver de su esposa. Es su decisión.

—¡Holmes! —protesté yo, esta vez. A veces podía ser tan insensible que no podía más que indignarme.

—Señor Holmes —intervino Lord Leighton–. Si va usted a destrozar mi vida y la reputación de mi familia, que durante más de trescientos años ha servido fielmente a los intereses de este país, entonces le ruego que al menos me escuche. Hay un motivo por el que he hecho lo que he hecho, y si bien quizás no lo entiendan, creo que al menos deben conocerlo. Si prefieren marcharse, pueden hacerlo, ni Isham ni yo les cortaremos el paso, de todas formas, haremos lo que nos hemos propuesto. Pero ustedes ya nunca sabrán la verdad.

¡Aquellas sí que fueron palabra acertadas por parte del joven lord! En todos mis años de vida jamás conocí a nadie tan incorruptible como Sherlock Holmes, pero si había algo que podía hacer sucumbir los cimientos del alma de mi amigo era la posibilidad, por mínima que fuera, de que algún cabo se quedara suelto en un caso cerrado. Si había una "verdad" que él intuía que no había podido vislumbrar, haría cualquier cosa por descubrirla. Y así lo hizo.

Lo vi arrellanarse en su silla, juntando los índices de ambas manos a la altura de su barbilla.

E, inmediatamente, supe que la decisión estaba tomada.

—Está bien, Lord Leighton —dijo con voz grave—. Si es tan importante para usted, oigamos su historia. Pero tan pronto la finalice,

Watson y yo acudiremos a Scotland Yard a denunciar cuanto ha ocurrido.

Por supuesto, mi deseo de saber era tan desesperado como el de Holmes, pero comprendí que llegar al fondo de la historia nos llevaría horas, quizás toda la noche. Resignado, me levanté para servirme otra copa de brandy.

Fue entonces cuando Isham, del que ya casi me había olvidado, regresó a la sala, portando con él una pequeña caja que depositó con extremo cuidado sobre la mesa. Me pareció de madera de sándalo y estaba bellamente tallada y decorada con delicadas incrustaciones en plata repujada al estilo hindú. Lord Leighton posó una mano sobre ella, mientras se dirigía a nosotros.

—Caballeros, como les prometí, voy a relatarles mi historia y espero que con ella puedan comprender mis actos. Pero antes de comenzar, quiero enseñarles algo.

Con sumo cuidado, Lord Leighton activó un pequeño resorte oculto a simple vista y la tapa de la caja cedió suevamente, abriéndose por completo.

Protegida en su interior forrado de terciopelo negro, como si de un precioso tesoro se tratara, descansaba una pequeña y delicada flor: una bonita prímula amarilla que parecía recién cortada.

Y entonces Lord Leighton nos contó su historia.

Capítulo 6

La historia de Lord Leighton

Conocí a mi preciosa Elaine una tarde a finales de septiembre cuando yo estaba a punto de cumplir treinta años. En aquel entonces la gestión del extenso patrimonio de mi familia ocupaba casi todo mi tiempo y las escasas horas libres de que disponía las dedicaba a mi gran pasión: el estudio de la Egiptología.

Aquella mañana mi librero, el señor Westing, propietario de Hatchard's, mi librería favorita, me había enviado una nota con una excelente noticia: había logrado para mí una primera edición de *Précis du système hiéroglyphique des anciens Égyptiens*, la obra donde Champollion publicaba por primera vez los resultados de sus investigaciones, un libro que llevaba largo tiempo buscando y que me hacía especial ilusión conseguir.

Soy, o mejor dicho era, un ávido coleccionista de libros raros relacionados con el estudio del Antiguo Egipto y puedo vanagloriarme de que mi colección es una de las más importantes del país, admirada por no pocos profesores y estudiosos. Aquel día resolví mis deberes de forma automática, pues estaba tan impaciente por recoger el libro que casi no podía concentrarme en ninguna tarea y, por fin, tras la hora del té, salí de casa en dirección a Picadilly Circus.

Era una magnífica tarde de finales de verano, de esas que parecen resistirse ante la llegada inminente del otoño. Recuerdo un suave viento cálido que levantaba las hojas caídas de los árboles y la luz del sol que se derramaba sobre la ciudad, bañándola con un tono dorado.

A mi alrededor, el agradable bullicio de los transeúntes que entraban y salían de las tiendas, los chiquillos que vendían los periódicos de la tarde y el repiqueteo rítmico de los coches de caballos.

Iba distraído pensando con fastidio que aquella noche tenía un compromiso que me parecía ineludible, una cena en casa de Lord y Lady Blanchard, cuando en realidad lo que más me apetecía era quedarme en casa con mi nueva adquisición y una buena copa de oporto.

De hecho, iba tan distraído que no la vi cuando choqué con ella.

¿Creen ustedes en el destino? Yo no. Pero, sin embargo, cuando vuelvo una y otra vez a aquella tarde, siempre me sorprende la increíble casualidad que fue el hecho de que Elaine y yo nos conociéramos. Si hubiera ido caminando por el otro lado de la calle, hubiera enviado a Isham a la librería en mi lugar o, simplemente, hubiera ido con más cuidado, habríamos pasado de largo, ignorando para siempre el uno la existencia del otro; dos extraños sin nada en común más que unos cuantos segundos compartidos sin saberlo en el centro de Londres.

Pero ocurrió.

Nuestro choque fue tan ridículo y me sentí tan abrumado por mi torpeza, que durante un breve instante no la vi; estaba demasiado ocupado deshaciéndome en excusas y recogiendo un sinfín de pequeños paquetes que llevaba y que se habían desparramado por el suelo por mi culpa. Pero entonces, el sol se reflejó sobre su pelo rubio arrancándole brillantes destellos rojizos y sus grandes ojos azules me miraron con mucha más dulzura de la que yo esperaba poder merecer en toda mi vida. Supe, desde ese primer instante, que todo había cambiado para siempre.

Aún recuerdo el leve escalofrío al sentir el contacto de mis manos con la suya al entregarle los pequeños paquetes y su tímida sonrisa al presentarme.

"Por favor, permítame que la ayude con sus compras hasta llegar a su casa. Es lo menos que puedo hacer" le rogué, haciendo acopio de todo mi coraje, sabiendo que el resto de mi vida se decidiría en su respuesta.

Accedió rubórizándose levemente y durante el breve trayecto desde Picadilli, disfruté de una dicha tal que no sabía que pudiera existir. Mientras caminábamos, imaginé que mi vida con Elaine sería así, el sencillo placer de disfrutar de nuestra mutua compañía, de una charla tranquila sobre libros, música y arte, pero, sobre todo, el profundo consuelo de sentirnos reconfortados el uno por el otro. Cuando llegamos a su casa, donde vivía con su tía abuela viuda, ya había decidido que, si ella me aceptaba, Elaine sería mi Lady Leighton porque en adelante ya no podría vivir sin estar con ella.

No fue hasta que volví a mi casa que me di cuenta de que me había olvidado por completo de la cena en casa de los Blanchard y del libro que tanto deseaba. Y, para mi sorpresa, me daba igual.

Durante las siguientes semanas y meses supe que era huérfana. Al igual que yo había perdido a su madre cuando era una niña y su padre, un profesor de dibujo en un internado de muchachos en Oxfordshire, había fallecido hacía apenas unos meses dejándole los escuetos ahorros que había logrado tras toda una vida de trabajo.

Desde entonces, se había trasladado Londres y su tía abuela la había acogido en su casa. Ella aportaba cuanto ganaba, que no era demasiado, dando clases de pintura a muchachas de buena familia. Los numerosos paquetes que la ayudé a cargar en nuestro encuentro eran carboncillos y acuarelas para sus clases que acaba de comprar en una tiendecita perpendicular a Oxford Street.

Nunca me dijo nada, pero yo sabía que a la enorme pena de haber perdido a un padre, al que adoraba, se sumaba la preocupación por quedarse sin sus modestos ahorros y sin un techo el día que faltara su tía.

Tenía un gran talento para el dibujo y la pintura, incentivado además por las lecciones que había recibido de su padre desde que apenas podía sostener un lápiz entre los dedos.

Sus padres la habían llamado Elaine en honor al poema de Tennyson, "La Dama de Shallot". Se había hecho la cicatriz en la sien a los doce años, al caerse de un caballo mientras recibía clases de equitación y desde entonces no había vuelto a subirse a uno.

Podía hablar con ella de cualquier tema, incluso de mi gran pasión por Kemet y la antigua lengua que hablaban sus habitantes. De adolescente había copiado las famosas acuarelas de David Roberts, por lo que el arte y la arquitectura egipcios no le eran ajenos y me hacía preguntas sobre la historia, los dioses y las momias y me mostró su interés por la expedición que trabajaba en Egipto de la cual era mecenas.

Sobra decirles que siempre fui un caballero y que, dada su situación de desamparo, desde el primer momento insistí en dejar claro que mis intenciones eran absolutamente honestas. Sin embargo, Elaine nunca me pidió ni me exigió nada. "Me basta con estar contigo, Alexander"—me decía —. "No somos iguales y lo entiendo" y yo veía que un leve rubor le ensombrecía su precioso rostro, cubriendo sus pecas, cuando lo decía. ¡Cómo si yo pudiera ni siquiera llevar a cabo lo que ella insinuaba! Tanto me quería mi Elaine, ya entonces, que estaba dispuesta al mayor sacrificio.

No quise esperar más y le pedí matrimonio una lluviosa mañana de domingo de finales de abril en Regent´s Park. El cielo estaba cubierto de nubes grises a través de las cuales, a veces, se filtraba un esquivo rayo de sol y el aire olía a flores y a hierba mojada. De repente, comenzó a llover y corrimos a cobijarnos bajo un cenador en un rincón del parque. La hiedra había trepado sobre él abriéndose paso a través del hierro forjado y el cristal y se colaba en su interior tomando posesión del lugar.

Estábamos solos y Elaine estaba radiante, con unas diminutas gotas de lluvia brillando sobre su pelo mojado y las mejillas encendidas por la reciente carrera. La sujeté por la cintura y con delicadeza y le aparté el pelo de la cara.

"Cásate conmigo, Elaine"—le dije. Ella me miró con una infinita tristeza y se apartó de mí, girándose hacia una de las columnas de hierro, aferrándose a ella. Pasaron unos segundos interminables durante los que pude escuchar su respiración, mezclada con el murmullo la lluvia.

"Alexander. No podemos. No debemos. ¿Me has visto?"—se lamentó, señalándome su vestido de domingo, que era bonito y elegante, pero modesto.

"¿Qué importa la ropa, Elaine? Iremos de compras. Te compraré todos los vestidos del mundo. ¡Iremos a París y a Nueva York! ¡Iremos donde tú quieras!".

"Pero, ¿qué van a decir los tuyos? Los que pertenecen a tu clase, todos esos *lords* y *ladies*... ¡Nunca me aceptarán, ya no te invitarán a sus cenas ni a sus bailes!"—protestó, como una niña enfurruñada.

Estallé en una sonora carcajada. ¡Como si a mí me importaran esas cosas!

"No me importa lo que diga nadie, no quiero ir a cenas ni a bailes, nunca me han gustado. Elaine, yo no tengo *míos*, no tengo a nadie. Yo sólo te tengo a ti y tú me tienes a mí, si me aceptas. Por favor, sé mi familia. Seamos una familia. Sé mi esposa".

Sus ojos brillaron con un *sí* que me hizo inmensamente feliz y me abrazó con fuerza, mientras yo sentía que el mundo entero giraba a nuestro alrededor celebrando nuestra dicha.

Nos casamos en la catedral de Sant Paul una radiante mañana de octubre. Elaine estaba preciosa, con un vestido blanco de seda y encaje que había elegido en *The House of Worth* y el cabello recogido y tocado con un largo velo de tul. Toda la ilusión y la esperanza del mundo contenidas en el brillo de su sonrisa.

Las campanas repicaron con fuerza mientras salíamos de la Iglesia, Elaine agarrada a mi brazo, dispuestos a enfrentarnos al mundo juntos para siempre, sin importar la dureza de las batallas que nos tuviera reservadas porque ya nunca más estaríamos solos ninguno de los dos. Al fin y al cabo, pensábamos que teníamos toda la vida por delante para disfrutarla juntos.

Fuera como fuere, los temores de Elaine nunca se cumplieron. Lo más granado de la alta sociedad londinense asistió con placer a nuestra boda y los ecos de sociedad de los periódicos se refirieron a ella como Miss Elaine Jessica Silversmith, hija única de un reputado profesor de pintura y cotizado artista, y alabaron su belleza, su elegancia y su "saber estar". Tampoco dejaron de invitarnos a cenas y a bailes, si bien nos prodigábamos poco pues preferíamos los tranquilos placeres de nuestro hogar. Quizás por eso cuando llegábamos a la ópera, al teatro o a algún baile, nuestra presencia nunca pasaba desapercibida y nos convertíamos, muy a nuestro pesar, en el indiscutible y preciado foco de todas las atenciones.

Elaine y yo habíamos planeado un viaje de novios de más de un año alrededor del mundo que nos hacía gran ilusión a los dos y que comenzaría en París a bordo del Orient Express. Ella nunca había estado fuera de nuestro país y yo soñaba con llevarla conmigo a redescubrir las ciudades que habían marcado mi infancia y adolescencia: Viena, Venecia, Estambul… ¡Hasta teníamos planes para cruzar la Capadocia en globo!

Sin embargo, apenas unos días antes de la fecha prevista un accidente en una de las fincas que poseemos al norte de Gales impidió que pudiéramos partir demorando el viaje varios meses.

Durante ese tiempo Elaine se dedicó a redecorar la casa con telas nuevas. Recuperó de nuestros desvanes, con ayuda de Isham y del resto de servicio, las obras de arte, antigüedades y pinturas que desde hacía años se amontonaban sin uso alguno. Gracias a ella en pocas semanas Leighton Manor volvió a ser un lugar alegre y confortable. Incluso mi estudio, aunque no lo crean, era un lugar ordenado y luminoso.

A pesar de no haber podido realizar nuestro viaje, yo no podía ser más feliz, disfrutando cada día de mi querida esposa, de la comodidad de nuestro nuevo hogar y del estudio de mis libros y papiros. Cuando por fin el problema se solucionó, organizamos otra vez nuestra ruta y ya estábamos contando los días que faltaban para comenzar nuestro viaje cuando un telegrama inesperado volvió a cambiar de nuevo nuestros planes.

Esta vez, por desgracia, con un resultado fatídico.

Si hubiera sabido las consecuencias que tendría lo habría destruido en mil pedazos, lo habría quemado, lo habría arrojado al Támesis... ¡Y, sin embargo, en mi ignorancia de lo que estaba por vernir, cuánto me alegré al recibirlo!

Procedía de Egipto y me lo enviaba el director de la excavación que estaba financiando, el profesor Edward Jefferson. Como les comenté, mi abuelo comenzó su labor de mecenas financiando importantes excavaciones en el país del Nilo y mi padre y yo continuamos haciéndolo. Pues bien, el bueno de Jefferson me informaba que habían localizado el lugar que indicaba la desconocida escritora del diario y que estaba absolutamente seguro que esa era la zona de enterramiento de la tumba que se nos resistía. Había solicitado los permisos de excavación al Departamento de Antigüedades de Egipto y esperaba recibirlos en breve, pero me invitaba a visitarlo para mostrarme el lugar y los preparativos. También aventuraba que mi ayuda, como experto en escritura egipcia del Imperio Nuevo sería de gran utilidad.

¡Llevaba toda mi vida esperando una noticia similar y, además, un motivo excelente para volver a visitar mi amado Kemet! Sin embargo, para ello sería necesario posponer de nuevo nuestro viaje.

"No me importa. ¡Iremos a Egipto! No sabes cuánto deseo conocer esa tierra que tanto amas. ¡Seré tu ayudante y tu aprendiz!"—fue la respuesta de Elaine cuando le planteé el dilema.

"Además, seguro que no disfrutarías de ninguna ciudad, pendiente de recibir cada noticia de ese profesor tuyo" —añadió, sonriendo.

Y los dos sabíamos que tenía razón.

Nuestro barco, una hermosa embarcación de vapor operada por la Peninsular and Oriental Company, zarpó desde South Hampton apenas un mes y medio después rumbo a Gibraltar, donde hizo escala y desde allí continuó a Alejandría. Nos acompañaban Isham y Sarah, la joven doncella que Elaine había tomado a su servicio.

Durante el día paseábamos por cubierta, tomando el sol y respirando el aire salado del mar, hablando de mil cosas y haciendo planes para el futuro. Por las noches, disfrutábamos de las elegantes cenas organizadas en el gran restaurante, donde se servían platos deliciosos y los mejores vinos en fuentes de plata y porcelana y cristalería de Bohemia. Trabamos amistad con otros pasajeros de primera clase y pasamos algún tiempo con el capitán y otros oficiales. Fue un viaje realmente agradable y, cuando miro atrás lo recuerdo con gran nostalgia.

Finalmente, tras dieciseis días de travesía, avistamos el milenario puerto de Alejandría, emergiendo entre las brumas de una mañana de junio y la hermosa visión me pareció una promesa de las muchas maravillas que Elaine y yo disfrutaríamos juntos en Kemet.

Pasamos dos días en Alejandría, donde nos alojamos en el hotel Reys y me sorprendió ver la ciudad muy cambiada desde mi última visita. Habían proliferado los cafés, los paseos y los teatros y existía una gran presencia europea. Sin embargo, a pesar de la gran riqueza histórica de la ciudad, eran pocos los lugares de interés que se han recuperado a día de hoy, aunque no me cabe duda de que, con el tiempo, se realizarán hallazgos de interés. Así que decidimos continuar nuestro camino tomando un barco de vapor en Canal Mahmoodeh que nos llevaría a través del Nilo hasta el puerto de Boulak, en El Cairo.

Nos alojamos el Shepheard y durante una semana nos dispusimos a disfrutar de la ciudad y de sus maravillas. Fue un placer para mi volver a encontrarme con antiguos compañeros de Cambridge y con colegas egiptólogos que estaban en El Cairo haciendo un breve paréntesis en sus respectivas excavaciones e investigaciones. La ciudad hervía en el bullicio, con un millar de tentaciones occidentales como los cafés, los teatros y las tiendas, pero no había perdido ni un ápice de su exotismo oriental, que era para mí su mayor atractivo.

El día que visitamos las Pirámides y la Gran Esfinge en Guiza fue para mí uno de los más inolvidables que pasé junto a Elaine. Yo ya las conocía, por supuesto, pero verlas de nuevo a través de los ojos de mi esposa fue una emoción indescriptible. Habíamos hecho el trayecto en camello, el calor era casi insoportable y soplaba un viento cálido que hacía que fuera necesario protegerse los ojos de la arena. Cuando por fin llegamos me volví hacía Elaine, que miraba fascinada el espectáculo que se extendía ante nosotros, pero entonces, por primera vez desde que habíamos iniciado nuestro viaje, la vi pálida y cansada.

Ahora lamento profundamente no haberme dado cuenta de que la naturaleza de mi esposa era demasiado frágil para aquellas elevadas temperaturas, para aquel clima atroz del desierto. Aquella fue sin duda una señal, un mensaje que, desafortunadamente no fui capaz de interpretar porque la misma ilusión que nos había hecho desafiar aquellos inconvenientes también pudo borrar cualquier atisbo de preocupación que pudiera empañar nuestra felicidad.

Así que, por aquel día, descansamos un poco y almorzamos junto a las pirámides, un poco de queso, carne fría, uvas y unos pastelillos tradicionales hechos de hojaldre, almendras y miel. Recuerdo que el agua fresca de las cantimploras nos supo mejor que el más exquisito de los vinos franceses. Cuando Elaine hubo recuperado las fuerzas, regresamos a El Cairo para partir al día siguiente rumbo a Tebas.

Tras siete días de viaje en barco a través del Nilo, por fin llegamos a nuestro destino: Tebas, la "Ciudad de las cien puertas", como la llamó Homero o "De los cien palacios", nos aguardaba, con sus templos milenarios y los misterios a medio desvelar de sus valles de tumbas. Entre el bullicio de los trabajadores del puerto y los viajeros que embarcaban y desembarcaban, la silueta de casi dos metros, inconfundible de mi apreciado profesor Jefferson, acudió a nuestro encuentro con una gran sonrisa y un efusivo apretón de manos.

Aquella noche, durante la cena, antes de dirigirnos a la excavación, el profesor nos explicó los últimos descubrimientos que había realizado y por qué, por fin, pensaba que estaba tras la pista correcta. Siguiendo las indicaciones del misterioso diario de tapas negras del que les hablé, la famosa tumba de Senenmut, de cuya existencia ya habíamos empezado a dudar, parecía estar ubicada entre una ladera y un conjunto de rocas rojas horadadas por el viento. El bueno del profesor estaba seguro de haber encontrado dicha ubicación y deseaba que le acompañara al día siguiente.

Contagiados por el entusiasmo de Jefferson, al día siguiente partimos nada más salir el sol, teníamos varias horas de camino por delante y era importante que llegáramos antes del atardecer para poder mostrarnos la pieza clave de su investigación. Llegamos justo al límite de tiempo y antes incluso de que pudiéramos soltar nuestros bultos, el profesor nos llevó con él a la ubicación exacta donde pensaba que estaba la tumba.

Para nuestra estupefacción, no había ni rastro de las famosas piedras rojas de las que hablaba la inscripción, aunque sí los demás. Pero la sonrisa del viejo profesor nos hizo comprender que se guardaba un as en la manga y efectivamente, así era. En apenas unos minutos el sol comenzó a ponerse sobre el horizonte y justo entonces, las piedras sobre las que nos apoyábamos se cubrieron de una luz roja, de un rojo tan brillante que casi parecía que las habían pintado con óleo.

Sin duda, aquellas eran las famosas piedras rojas que tanto se nos habían resistido hasta entonces.

Los siguientes meses fueron para mí, ahora lo sé, los mejores de mi vida. Los administradores de las propiedades de mi familia me mantenían informado de cuanto era importante y podía despachar los asuntos dedicándoles pocos minutos al día. Gracias a eso, podía emplear todo mi tiempo a mis investigaciones. Durante esos días escribí mis mejores artículos, cuya calidad fue tal que se publicaron en las revistas más prestigiosas y se discutieron en los foros más exigentes. Traduje numerosos papiros y realicé algún descubrimiento relevante en relación a la fonética en el Imperio Nuevo que tuvo algo de revuelo. Recibí varias invitaciones de sociedades de Egiptología para ofrecer conferencias sobre mis investigaciones, desde Nueva York hasta Praga, y Elaine y yo contestamos con agrado que estaríamos encantados de asistir tan pronto terminara nuestra misión en la excavación.

Por supuesto, nada de esto habría sido posible sin ella.

Elaine era mi más ferviente admiradora. Pasaba a limpio mis apuntes y revisaba mis artículos una y otra vez hasta que quedaban perfectos. Si se hicieron tan populares fue gracias a sus indicaciones para que resultaran más atractivos y entendibles, ella me animaba a dirigirme a un público general y no sólo al académico al que yo estaba acostumbrado.

Con sus dibujos documentaba todas las fases de la excavación y nuestros avances, incluso los jeroglíficos que hallamos en alguna tumba secundaria cuyo descubrimiento, sin embargo, tuvo gran alcance en la comunidad científica.

Escuchaba con avidez mis explicaciones y aprendía increíblemente rápido. Se mostraba tan fascinada con cada paso que dábamos, con cada descubrimiento, con cada nuevo jeroglífico que aprendía a identificar, que consiguió que yo mismo me olvidara de la idea de que estaba siendo egoísta al haberla traído conmigo a Egipto. "Por nada del mundo me perdería esto, Alexander"—me decía. "No podría estar separada de ti ni un sólo día, ¿cómo iba a soportar meses enteros? Mi sitio está aquí, junto a ti."

Vivíamos en una tienda que, aunque habíamos dotado con todas las comodidades posibles, distaba mucho de nuestro confortable hogar en Londres. Disponíamos de un lecho grande y cómodo y una pequeña bañera de cobre que, debido a la escasez del agua y la dificultad para trasladarla hasta nuestra expedición, apenas usábamos. Sarah se encargaba de sus vestidos y de sus peinados que, debido al sofocante calor, Elaine mantenía tan sencillos como podía sin perder su natural coquetería.

Teníamos con nosotros un excelente cocinero que preparaba las comidas para todos nosotros. A pesar de la falta de medios con que se veía obligado a trabajar, nunca faltaban platos deliciosos a nuestra mesa, aderezados, eso sí, con las exóticas especias que podía encontrar en El Cairo y en los pueblos vecinos. Y también teníamos a un médico, el Dr. Edmund Cohen, un joven de nuestra edad, que no sólo cuidaba nuestra salud, también de los trabajadores locales que habíamos contratado e incluso, de sus familias.

Fueron, ya les digo, días verdaderamente felices para mí. Estaba en Egipto, con la compañía de Elaine, dedicándome en exclusiva a mi gran pasión por la arqueología. Yo sabía, por supuesto, que aquello no podía durar para siempre. Tarde o temprano tendríamos que regresar a Londres, a la civilización y, aunque la perspectiva no me desagradaba pues aún nos aguardaba nuestro viaje de bodas y deseábamos volver a disfrutar de los pequeños placeres de la ciudad, sin darnos cuenta, fuimos postergando nuestro regreso un mes y otro y otro.

Estaba a punto de cumplirse un año de nuestra llegada a Egipto, cuando se desencadenó la tragedia que fue tan inesperada como devastadora.

Me desperté aquella mañana como de costumbre y, para mi extrañeza, Elaine que siempre se levantaba antes que yo, seguía en la cama, a mi lado.

Recuerdo que sonreí, pensando que por una vez se había rendido al placer de apurar unos minutos más de sueño, así que me vestí intentando no hacer ruido para no despertarla. Sin embargo, cuando me acerqué para besarla antes de salir, el corazón comenzó a latirme a toda velocidad; mi esposa estaba empapada en sudor, su piel estaba blanca y mortecina y cuando intenté despertarla la única respuesta que obtuve fue un leve gemido.

De alguna forma, conseguí que el pánico no me paralizara e inmediatamente avisé a Isham para que fuera a buscar al Dr. Cohen mientras su doncella y yo nos quedábamos con ella. Sarah se apresuró a lavarle la cara con un poco de agua fría, pero yo, por mi parte no acertaba a hacer nada más que sujetar su mano con fuerza.

El Dr. Cohen llegó enseguida, equipado con su bolsa gladston, y rápidamente procedió a examinarla con ayuda de Sarah. Elaine se había despertado y podía ahora murmurar algunas palabras apenas audibles.

Sarah y yo respondimos como pudimos a las preguntas de mi buen doctor. No, no había comido nada aparte de la cena que compartimos todos. Sí, hacía un par de días que no se encontraba con muchas fuerzas, pero nunca pensamos que fuera nada grave, simplemente lo achacamos a los cincuenta grados de calor que las temperaturas habían alcanzado durante los días previos.

Sólo unas horas atrás, cuando como cada noche, Elaine se había quedado dormida, abrazada a mí, nada podía haberme hecho imaginar que aquella sería la última noche feliz de nuestras vidas. El sueño nos venció tranquilamente, en la quietud de la noche del desierto sin saber que la pesadilla nos aguardaba al amanecer.

El diagnóstico de Edmund fue tan directo como demoledor: Elaine estaba muy enferma y había poco que él pudiera hacer, aparte de ayudarla con sus tónicos y cataplasmas.

"Su cuerpo está luchando. Sólo podemos esperar. Es joven y fuerte. Confiemos."

Por supuesto, no me conformé. Debía haber algo que pudiéramos hacer como trasladarla a El Cairo, llamar a algún médico de la ciudad, lo que fuera... ¡El día anterior había estado bien, esto no podía estar pasando! ¡No a nosotros, no así!

"No soportará un viaje de seis días a El Cairo"—me aseguró Edmund, con la mayor gravedad.

Durante los siguientes cuatro días, Elaine luchó con todas sus fuerzas contra la muerte. La fiebre fue en aumento por mucho que Edmund, Sarah y yo nos manteníamos de guardia aplicándole paños de agua fría y cataplasmas hecha con plantas. Vomitaba cuanto le dábamos, incluyendo los medicamentos de Edmund, entre sudores y violentos temblores. Cuando se quedaba dormida tenía pesadillas de las que se despertaba gritando.

Yo no me apartaba de su lado, le sujetaba la mano con fuerza, le limpiaba el sudor y le decía que todo saldría bien, que pronto estaría mejor. Le prometí que en cuanto se recuperara nos marcharíamos a Londres y haríamos por fin nuestro ansiado viaje, el Orient Express aún nos aguardaba, quedaba tiempo por delante, todo el tiempo del mundo. De alguna forma, mis palabras parecían aliviarla y solía quedarse dormida, mientras le hablaba de las ciudades que visitaríamos juntos: París, Venecia, Estambul... Y yo rezaba, rezaba día y noche para que mis promesas no se vieran forzadas a desvanecerse en la nada.

Al amanecer del quinto día, la fiebre desapareció.

"Alexander."

Yo estaba en vela, tumbado junto a ella, mi brazo alrededor de su cintura. Me incorporé.

"Ha llegado la hora, no puedo más."

"No, por favor, no"—imploré.

Pero vi que el brillo de sus ojos se había desvanecido y que sus mejillas se habían marchitado y entonces comprendí que me estaba pidiendo que la dejara ir porque no podía soportar más dolor y sufrimiento.

Habíamos perdido la batalla.

Agarré su mano con fuerza y asentí, sin que me importara llorar como un niño.

"Alexander, muchas gracias por haberte casado conmigo, por haberme querido tanto. Me has hecho inmensamente feliz el tiempo que hemos podido estar juntos."

Yo negué con la cabeza. Quería decirle que lo sentía, que todo esto era por mi culpa, por haberla arrastrado hasta Egipto sin cuestionarme que podría ser peligroso para ella, para los dos. Que era yo el que debía darle las gracias por estar conmigo, por todo lo que había hecho por mí. Por haber sido mi esposa.

Pero no podía hablar, un nudo en mi garganta me impedía hacer nada que no fuera apretar sus manos con fuerza como si así pudiera retenerla en este mundo para siempre, protegiéndola de las garras del Averno.

Elaine me miró con la inmensa ternura que lo había hecho el día que nos conocimos, sacó fuerzas para esbozar una sonrisa y musitó para mí la que sería su última palabra: “Gracias”.

Después, simplemente, cerró los ojos y la vida se desvaneció del cuerpo de mi esposa.

Justo en ese instante el sol entró en nuestra tienda, pero yo ya sabía que nunca habría luz suficiente para iluminar la oscuridad que se había instalado en algún lugar de mi alma.

Si alguna vez la locura ha rozado a un hombre cuerdo sin lograr finalmente su propósito, sin duda ese fue mi caso.

Comenzó cuando a los pocos minutos Sarah entró en la tienda y, al ver que Elaine había fallecido, estalló en sollozos. Como en un sueño me volví enojado hacia ella y le dije que la señora sólo estaba dormida. La fiebre había desaparecido y sin duda eso no podía ser sino una buena señal. La pobre muchacha me miró sin comprender.

“Pero señor, no es así. Mi señora, ella.... ella ya no está. ¡Mírela! Tenemos que prepararla, yo me encargaré, señor, sé cómo hacerlo.”

La eché a gritos de la tienda y la cerré a cal y canto. Nadie iba a tocar a mi Elaine ni iba a llevarla a ninguna parte. Aún la tibieza no había abandonado su cuerpo, de forma que si no lo pensaba demasiado parecía que sólo estaba dormida, como le había dicho a Sarah. Sí, eso es, sólo estaba dormida. Después despertaría recuperada y regresaríamos a Londres. Teníamos tantos planes por realizar, tanto tiempo por delante... qué importaba lo que dijeran los demás.

Me eché a su lado y me quedé dormido, ignorando los gritos de Edmund y del profesor Jefferson y los sollozos de la doncella al otro lado de la tienda.

Desperté por la noche. Estaba oscuro y el silencio reinaba en todo el campamento. Mi Elaine estaba fría pero no me importó. La arropé con mantas y me abracé a ella para darle calor.

Todo estaba bien, si no lo pensaba demasiado.

A la mañana siguiente, los gritos de Edmund, esta vez sin Jefferson, volvieron a despertarme.

"¡Alexander, por el amor de Dios! ¡Déjame entrar! ¡Déjame entrar inmediatamente o echaré la tienda abajo si es necesario!"

Decidí abrir la tienda. Tenía que explicarle que todo estaba bien tal como estaba. De hecho, sería mejor que se marchara. Que todos se marcharan.

Tal como entró, Edmund miró a Elaine, tumbada en la cama, luego me miró a mí y después se desplomó sobre una silla, la mirada perdida, sujetándose la cabeza con las manos.

"Dios Mío, Alexander. Tenemos que preparar a Elaine. Esto no está bien. No está nada bien"

Inmediatamente me arrepentí de haberlo dejado entrar porque la derrota de su voz me sacó de mis casillas, enfureciéndome como no lo había estado nunca hasta ese momento. ¡Cómo se atrevía a hablarme así!

Con toda la violencia que pude, me dirigí a la mesa donde descansaba el neceser con las medicinas que no habían servido de nada y de un manotazo las tiré al suelo.

"¡Que no está bien! ¡Lo que no está bien es que no hayas hecho nada por salvar a Elaine! Todo esto es por tu culpa. ¡Valiente médico que eres! ¡No podrías curar ni a un hombre sano con estas supercherías! ¡Más te valdría dedicarte a vender crece pelos como el charlatán que eres!"

Edmund se levantó y me miró a los ojos, y pude asomarme a la rabia, el dolor y la pena que asomaban a los suyos.

"No, no he podido evitarlo, Alexander. La muerte de Elaine me atormentará siempre, pero sé que he hecho cuanto ha estado en mi mano. Igual que tú."

Aquello fue demasiado para mí.

"No te atrevas a compararte conmigo, Edmund. Mi familia es una de las más antiguas de Inglaterra. Tus antepasados vivían de la usura mientras los míos defendían nuestro país de los invasores. Tú yo no tenemos nada que ver."

No hubo ni un ápice de la furia que esperaba en los ojos de Edmund. Al contrario, me miró con la compasión debida a un hombre consumido por el dolor de haber perdido a su joven esposa.

"No voy a dejarte, Alexander. Os lo debo a ti a y a Elaine. Cuando salgas de esta pesadilla, estaré al otro lado, esperándote para ayudarte en cuanto pueda"—concluyó mientras se daba la vuelta, marchándose y dejándome de nuevo en la soledad de la tienda, con mi esposa.

Me quedé sumido en la noche más oscura del alma, sintiendo el dolor más profundo que un hombre puede sentir porque ya no podía seguir manteniendo la ilusión del sueño de Elaine. Pero, ¿qué podía hacer? No podía permitir que se la llevaran para meterla en una caja de madera. No podía soportar el dolor de separarme de ella. Incapaz de pensar, me volví al lecho que habíamos compartido y me volví a dormir a su lado.

No sé cuántas horas pasaron.

"Sahib"—la suave voz de mi querido Isham me despertó en mitad de la noche. La tenue luz de un quinqué envolvía la tienda en un resplandor levemente dorado iluminaba su rostro, amable y sereno, aguardando mi respuesta.

"Despertad, Sahib, casi ha amanecido"—insistió, con calma.

Lentamente me incorporé, frotándome los ojos. Aún hacía frío y no habían desaparecido los sonidos de la noche.

"Señor, hoy será un día difícil, el trabajo nos aguarda. Por favor, levántese. He traído agua para el aseo".

Miré sorprendido la bañera de cobre llena de agua humeante y los utensilios de afeitar preparados. Mecánicamente me miré en el espejo y un desconocido me devolvió el gesto desde el otro lado del espejo. Desde la muerte de Elaine no me había aseado ni afeitado. Tampoco había comido y no recordaba la última vez que había bebido agua.

"No puedo, Isham, no tengo fuerzas. Por favor, márchate. Dile a todos que se marchen".

Por toda respuesta, Isham permaneció unos segundos en silencio.

"Señor, mire a la señora. Ningún dios, ni el suyo ni el mío, ni los viejos dioses que gobernaron estas tierras aprobarían esto. Es hora de dejarla partir."

"Es hora de dejarla partir."

Aquellas palabras me golpearon como un martillo en la cabeza. Miré al cadáver que reposaba en nuestro lecho, y comprendí por fin que ella ya no era Elaine. Me senté en la cama, abatido y desesperado, por primera vez en mi vida, completamente perdido.

"No sé por dónde empezar"—musité, destrozado por dentro.

"Yo le ayudaré, señor"

Y así fue, gracias a mi leal Isham, como salí de aquella locura. Sarah, con un gran cariño que siempre le agradeceré, preparó a mi esposa para su último viaje y ese mismo día comencé los preparativos para el traslado del cuerpo a Inglaterra.

Junto a ella rehíce el viaje que nos había traído a Egipto, aunque ya no podía quedar nada de la ilusión con que habíamos emprendido el viaje desde Inglaterra. Mi familia poseía un panteón en nuestra mansión en el norte del país, donde descansan mis antepasados desde el siglo XVII. Pero si lo vieran... es un lugar tenebroso y sombrío que me daba escalofríos y me provocaba pesadillas cuando era pequeño, por lo que ni por un momento sopesé la idea de que ese pudiera ser el lugar de descanso eterno de Elaine. En su lugar, elegí el nuevo cementerio de Highgate, donde podría ir a visitarla a menudo y, al menos, sentirla más cerca.

El funeral tuvo lugar una mañana de junio. El cielo estaba cubierto de nubes y soplaba un viento fresco que me reconfortaba porque me hacía olvidarme del calor del desierto que le había arrebatado la vida. Junto a mí, mi leal Isham, Edmund, el profesor Jefferson, algunos amigos muy cercanos y la tía abuela de Elaine que lloraba quedamente, secándose las lágrimas con un pañuelo de encaje.

Podía escuchar de fondo la plegaria del sacerdote, una cadencia lejana y rítmica, pero ya no me importaban las palabras dirigidas a un dios que me había ignorado al implorarle. Cuando llegó el momento de depositar el ataúd, con mi preciosa esposa en su interior, contuve la respiración por un segundo y di un paso al frente. Con todo el cuidado del mundo, deposité sobre él una rosa blanca, la flor favorita de Elaine, y un puñado de tierra. Rocé con los dedos la calidez de la madera y la suavidad de los pétalos y murmuré para mí la antigua fórmula que los romanos empleaban para despedir a sus difuntos:

"*Sit tibi terra levis*. Que la tierra te sea leve, mi querida Elaine."

Después, el ataúd comenzó a descender lentamente llevándose con él mi juventud y mi esperanza. Todos nuestros planes, todos nuestros sueños, todo nuestro futuro yaciendo para siempre en aquella tumba en un rincón sombrío de Highgate.

Decidí volver a Egipto tan pronto como pudiera. Sin Elaine no había nada para mí en Londres y Leighton Manor se me antojaba demasiado grande y demasiado vacía. Sin embargo, en Egipto aún quedaba mucho trabajo por hacer hasta encontrar la tumba y, al menos, mientras trabajaba podía tener la mente ocupada en algo útil.

Así que tan sólo dos meses después estaba de nuevo de regreso en Tebas. Esta vez me decidí a tomar las riendas de la expedición, quería avanzar más rápido y dejé en segundo lugar mi labor de traducción e investigación. Al fin y al cabo, Elaine y yo habíamos llegado a Egipto en busca de la tumba de Senenmut y eso era exactamente lo que me proponía encontrar, tardara lo que tardara, costase lo que costase.

Durante los siguientes meses trabajamos sin descanso en busca de la tumba. Se convirtió en una verdadera obsesión para mí. Sabíamos que estábamos en el camino correcto, aunque las semanas y los meses iban transcurriendo sin resultados notables. Pero por fin, tuvo lugar el incidente que les relaté esta mañana cuando aquel naipe de una baraja española nos llevó a nuestro gran descubrimiento.

Y entonces fue cuando ocurrió algo que lo cambió todo para siempre.

No puedo describirles la sensación de triunfo que nos embargó a todo el equipo cuando por fin descubrimos la entrada a la tumba. No obstante, podía ser peligroso, alguna trampa o un derrumbamiento podían aguardar allá abajo por lo que, como responsable de la expedición, decidí descender en primer lugar, acompañado únicamente de Isham.

Sin embargo, una vez rompimos el sello de la entrada, custodiado por la tradicional maldición de advertencia de rigor, nos olvidamos de cualquier peligro que pudiera acechar: cosas maravillosas al otro lado de la gran puerta de piedra nos habían estado aguardando durante más de dos mil quinientos años.

Cosas maravillosas, verdaderamente. Bellísimas pinturas murales con inscripciones en jeroglífico cubrían las paredes, muebles, esculturas, joyas, ushebtis... mirásemos donde mirásemos, tesoros de un valor incalculable se encontraban desperdigados por toda la sala alrededor del sarcófago. ¡Una tumba de un gran consejero egipcio encontrada intacta por primera vez en la historia! Yo sabía, por supuesto, lo que eso significaría para mi carrera como arqueólogo a nivel internacional, para el prestigio y el honor de mi familia. Sin embargo, esas cosas poco significaban ya para mí.

Mi pequeño gran trofeo era saborear que había encontrado nuestro grial particular, aquello que Elaine y yo habíamos ido a buscar casi año y medio atrás.

Quizás por eso, entre tantos tesoros, a mí me llamaron la atención tres pequeños escarabeos realizados en fayenza, curiosos y bien tallados, pero sin duda de escaso valor en comparación con las otras piezas. Colocados sobre una caja con inscripciones, su aparente sencillez resultaba chocante entre tanta grandiosidad así que me pregunté por qué el gran Senenmut había querido que se enterraran junto a él. Me dispuse a leer las inscripciones a la leve luz de la antorcha que portaba Isham, pero para mi sorpresa, no fui capaz de entenderlos. Reconocía la mayoría de los caracteres, sí pero no parecían tener ningún sentido.

De forma mecánica, me llevé la mano al bolsillo de la chaqueta para copiar las inscripciones en mi diario, pero, al hacerlo, me encontré en él una pequeña prímula que había encontrado días atrás en la ciudad y que había guardado ahí para dibujarla más tarde. Sin embargo, me había olvidado por completo de ella y se había marchitado por completo. La dejé descuidadamente en la mesa sobre la que descansaban los escarabeos y la caja y, desistí de copiar las inscripciones porque había descubierto que no tenía nada con que escribir. Ya lo haría más tarde.

En su lugar, me conformé con murmurar las inscripciones para ver si su sonido me desvelaba algún significado, pero fue en vano; las palabras salieron de mis labios sin que pudiera reconocerlas.

Finalmente, Isham y yo abandonamos la tumba y regresamos arriba, donde aguardaba el resto del equipo, en un ambiente de máxima expectación, impacientes por que le contáramos cuanto habíamos visto.

Había anochecido y decidimos posponer nuestra siguiente visita a la mañana siguiente a primera hora. Por supuesto, sabíamos que teníamos que comunicar nuestro hallazgo a las autoridades egipcias cuanto antes, pero decidimos aguardar a realizar nuestro propio inventario, ante el temor de que algunos funcionarios corruptos se apropiaran de algunas piezas y desparecieran en el mercado negro.

Aquella noche organizamos una improvisada cena, que podríamos llamar de gala, en nuestro campamento. Nuestro cocinero preparó una deliciosa cena a base de pato con arándanos, patés y pastelillos de limón y grosellas y descorchamos varias botellas de los mejores borgoñas que conservábamos para una ocasión especial mientras, a la luz de las fogatas, las constelaciones de Orión y Sirio parecían brillar sólo para nosotros, celebrando nuestro triunfo.

Aquella noche me dormí, soñando que Elaine estaba conmigo y bailábamos juntos a la luz de las estrellas en la inmensidad del desierto.

Al día siguiente, bajamos junto con el profesor Jefferson y los demás ayudantes. Se imaginarán, por supuesto, las exclamaciones de sorpresa de nuestros acompañantes al descubrir semejante cámara de maravillas, repleta de tesoros inimaginables.

Yo mismo quería observar con detalle todo cuanto no había tenido tiempo de analizar el día anterior y, por supuesto, teníamos por delante una larga tarea de inventario. Sabíamos que, aunque no habíamos comunicado el descubrimiento al Departamento de Antigüedades de Egipto, la noticia no tardaría en correr como la pólvora entre las otras expediciones, por lo tanto teníamos que ser rápidos en nuestras actuaciones.

Sin embargo, yo no podía olvidarme de los curiosos escarabeos de fayenza con las raras inscripciones y no veía el momento de poder sentarme con calma en mi escritorio a trabajar en las traducciones. ¿Qué misterioso lenguaje era aquel que no podía descifrar, aunque conocía los caracteres? Y, sobre todo, ¿qué mensaje ocultaba que fuera tan relevante para Senenmut?

Mientras mis colegas inspeccionaban el resto de la tumba yo me dirigí directamente a los escarabeos para copiarlos en detalle pues no quería sacarlos de la tumba para no alterar el yacimiento.

Y entonces la vi.

La pequeña prímula, que el día anterior había depositado sobre la mesa, absolutamente marchita, ahora lucía radiantemente fresca, como si acabara de ser recién cortada. Pero, ¿cómo era posible? ¿Qué había pasado? ¿Podía ser otra flor, quizás? Enseguida descarté esa opción porque nadie había entrado en la tumba tras marcharnos nosotros y, además, ¿dónde encontrar una prímula en el desierto? No, sin duda alguna, era la misma flor y, de alguna forma, había vuelto a la vida.

Decidí que fuera cual fuera aquel misterio yo me había ganado el derecho a desvelarlo así que, actuando por puro instinto, me guardé la prímula y dos de los escarabeos, los más pequeños que me cabían el bolsillo, sin que nadie se percatara y, esta vez sí, abrí la caja. Contenía el rollo de pergamino más antiguo que había visto jamás. ¿Estaría de alguna forma conectado con los escarabeos, explicaría algo sobre ellos?

En todo caso era demasiado grande para guardarlo, así que decidí esperar el momento propicio para sacarlo de allí y llevarlo a mi tienda.

Aquella misma noche, en la soledad de mi escritorio, comencé a trabajar sobre las extrañas inscripciones y enseguida me di cuenta de que la labor iba a ser incluso más ardua de lo que me había parecido en un primer momento.

Lo primero que hice fue copiar fielmente todas las inscripciones, lo que no fue fácil pues la fayenza estaba muy desgastada, era como si aquellos viejos escarabeos hubieran tenido mucho uso antes de ser confinados durante dos mil quinientos años en la tumba de Senenmut.

Hice, no obstante, un buen trabajo, copiando con detalle los signos que se podían leer claramente y dejando espacios en blanco para los que no eran legibles en absoluto.

Una vez transcritos a mi cuaderno, comencé con la labor de traducción propiamente dicha. En primer lugar, localicé el sentido en que tenía que leer la escritura, pues los jeroglíficos podían escribirse y leerse tanto de izquierda a derecha como de derecha a izquierda. Esto es muy fácil, basta con fijarse en los elementos vivos que aparecen en la escritura como animales o figuras humanas, allá donde apuntan sus miradas es donde debemos comenzar a leer.

Y una vez más, volvía toparme con el mismo problema: conocía los caracteres, pero las palabras no tenían ningún sentido. Verán, no pretendo aburrirles, pero la escritura egipcia es una combinación de signos con significado semántico y fonético que se alternan entre sí. Es por esto que pude identificar los signos y pronunciar las palabras, pero el resultado no tenía sentido alguno en la lengua de los egipcios antiguos, no al menos en la época del Imperio Nuevo en que soy experto ni tampoco en el egipcio del Imperio Medio o incluso Antiguo, no hasta donde llegaba mi conocimiento.

Me planteé entonces la posibilidad de que se tratara de un mensaje cifrado, posibilidad que más tarde descarté, como les explicaré más adelante. Lo que estaba claro en todo caso es que me encontraba ante un reto fascinante. Miré la pequeña prímula, que había colocado frente a mí en el escritorio y me sorprendió que, a pesar del paso de las horas, continuara en perfecto estado, sin haber perdido ni un ápice de su color amarillo.

"¿Cómo es posible?" Me pregunté una y otra vez, alternando la mirada entre la flor y los escarabeos.

Debía haber una relación, ¿pero cual? Me convencí de que la respuesta debía contenerse en el antiguo manuscrito que descansaba en la caja y me planteé dejar la tienda y acercarme a la tumba para poder inspeccionarlo. No obstante, habíamos dejado a varios obreros y a uno de nuestros jefes de equipo al mando y no encontré justificación suficiente para entrar en la tumba sin que albergaran sospechas.

Después de todo, acababa de sustraer dos escarabeos antiquísimos de un gran valor histórico y documental pues probablemente contenían una escritura completamente desconocida hasta entonces.

En su lugar, decidí invertir el tiempo con mis libros de consulta y los viejos apuntes de universidad, intentando encontrar alguna escritura similar en alguna parte o alguna pista para descifrarla.

Fue en vano. El amanecer me sorprendió sentado en mi escritorio, dando una cabezada tras haber pasado toda la noche en blanco hasta que el primer grito me hizo incorporarme de un salto.

Al principio pensé que quizás había sido sólo una pesadilla, pero un segundo grito despejó cualquier duda. Algo había ocurrido. Salí de la tienda, armado con mi revólver y enseguida el profesor y los demás miembros del equipo se reunieron conmigo.

El grito había sido proferido por uno de los trabajadores locales que se dirigía al yacimiento para remplazar a uno de los hombres que se habían quedado de guardia. Su cara estaba blanca como la cera y parecía aterrorizado.

“¡Están muertos, todos muertos!”—murmuraba, una y otra vez.

Bajé a la tumba, acompañado del profesor y de Isham, todos protegidos con nuestras armas, sin saber que nos aguardaba el espectáculo más dantesco que veríamos jamás. Como les describí esta mañana, la tumba había sido profanada y los tres hombres que hacían guardia yacían asesinados, aparentemente sin violencia alguna más allá que el terror que se mostraba en sus rostros.

Nuestra conclusión fue obvia, durante la noche, la momia había sido robada por ladrones que habían asesinado a los hombres. Pero bastó una rápida inspección para darnos cuenta de que no faltaba nada más. ¿Por qué iba alguien a llevarse la momia y dejar allí semejantes tesoros?

Instintivamente, me dirigí a la caja que contenía el papiro y entonces descubrí con estupor que había sido abierta. Me acerqué temiendo lo que iba a encontrar: al sacarlo de la caja que lo había protegido durante más de dos mil años, el papiro se había convertido en polvo. Sólo unos pequeños trozos ilegibles habían sobrevivido. Abatido, lamenté profundamente no haber sacado la caja el día anterior, pero sobre todo, me desconcertó no saber cómo encajar aquello en la escena. ¿Por qué los ladrones habían dejado intacto todo lo demás y se habían concentrado en un humilde papiro y en una momia que les costaría vender en el mercado negro? Aquello no tenía ningún sentido.

Apenas dos horas después llegó el personal del Departamento de Antigüedades de Egipto, al que habíamos enviado un telegrama avisando del descubrimiento el día anterior. La noticia de las muertes les impactó profundamente y enseguida procedieron a inspeccionar la tumba y a poner guardia para protegerla. Por supuesto, la magnitud del descubrimiento les había sorprendido gratamente, pero en seguida me di cuenta de que la reacción del responsable, el jefe del Departamento de Antigüedades Egipcias fue culpabilizarnos del robo de la momia para, sin duda, imposibilitar cualquier estrategia para enviar los objetos descubiertos a Inglaterra. El tipo era un fanático oportunista dispuesto a sacar tajada y, sin duda, ascender en su ministerio a costa del desgraciado incidente.

En otro momento, no lo duden, me habría enfrentado a él. Por supuesto, yo estaba al tanto de las últimas leyes egipcias para evitar la salida de su patrimonio de sus fronteras, mucho más estrictas desde que, gracias al control del Canal de Suez, tenían mucha más influencia en las decisiones internacionales a tomar por nuestro gobierno. Sin embargo, dejé al profesor encargarse de ese tipo de negociaciones. En aquel momento yo tenía algo mucho más importante que hacer.

Sobre el escritorio de mi tienda había dejado los dos escarabeos que había sustraído la noche anterior, el tercero continuaba en la tumba y ya no me sería posible sacarlo de allí hasta que encontrara un momento más propicio. Comprobé que la prímula seguía intacta, exactamente como la había dejado, a pesar de todas las horas transcurridas. Fuera como fuera, estaba decidido a llegar al fondo de la cuestión así que ni por un momento me planteé devolver los escarabeos a la tumba, en su lugar los escondí bien, enterrándolos en el suelo de la tienda.

El responsable solicitó más personal de refuerzo para la guardia, lo que fue una idea excelente ya que, a raíz de los acontecimientos, los lugareños no se querían aventurar a entrar en la excavación. La noticia de la muerte de los otros hombres había corrido como la pólvora y comenzaron a circular ridículas historias sobre la maldición de la momia que fueron suficientes para asustar a aquellas pobres almas crédulas y analfabetas.

Durante los siguientes días trabajamos con el responsable del departamento en la documentación de todos los objetos de la tumba, si bien nosotros ya habíamos hecho la nuestra. No me avergüenza admitir que sólo registramos un escarabeo de fayenza y que aproveché para copiar la inscripción del que se iban a quedar los egipcios. Ya que no podía tener el original para estudiarlo, al menos tendría la inscripción para resolver aquel misterio.

Una vez finalizado nuestro trabajo, regresamos a Londres y dejé en manos de nuestra embajada y nuestro gobierno las negociaciones en relación a los descubrimientos realizados. Me consta que traer los objetos a Londres ha sido un camino largo y no exento de baches, no en vano han pasado tres años desde entonces. Sin embargo, pecaría de falsa modestia si no admitiera que mis gestiones han tenido mucho que ver en ello. Si bien, como les explicaré en breve, había algo más que mero patriotismo en traer los hallazgos a Londres.

Tan pronto como llegué a Londres me lancé de lleno a la tarea de descubrir qué mensaje escondían los escarabeos y qué relación tenían con la pequeña prímula que, meses después, continuaba tan fresca como el primer día.

Yo estaba convencido de que la explicación se encontraba en el papiro desaparecido y aquello me frustraba enormemente. Pasaron las primeras semanas sin que lograra ningún avance. Los caracteres y los sonidos que indicaban seguían sin tener ningún sentido para mí. En algún momento había llegado a la conclusión de que quizás se trataba de un lenguaje cifrado, de algún tipo de escritura criptográfica, por lo que me devané los sesos probando cientos de posibles combinaciones. Sin embargo, no sirvió de nada. "No puede ser tan complicado"—me dije una noche —"Tiene que ser mucho más fácil".

Por enésima vez volví a analizar los escarabeos. A simple vista eran casi idénticos, pero uno de ellos era ligeramente más pequeño que el otro. Como siempre, me llamó la atención la elegante escritura y la belleza de la ejecución de las pequeñas figuras. Pero, sobre todo, como la primera vez que los vi, lo más evidente era lo desgastados que estaban. Se habían usado mucho y debían ser muy antiguos, de hecho, nunca había visto otros tan antiguos.

Y entonces vi la luz.

Verán, los escarabeos egipcios se popularizaron como amuletos, sobre todo en el Imperio Nuevo. De hecho, Senenmut había sido el arquitecto real, astrónomo y consejero de Amenofis II, también conocido como Amenore, un faraón de la Dinastía XVIII, durante el Imperio Nuevo. Por eso siempre di por sentado que los escarabeos eran de este período, o quizás del Imperio Antiguo, período del que datan los más antiguos que se conocen. Pero... ¿y si eran incluso anteriores? ¿De la llamada época predinástica o, y esto me daba vértigo sólo pensarlo, incluso anteriores?

Esto abría un sinfín de posibilidades a las que, por mi formación académica ortodoxa, me resistía a rendirme. Aunque, debía reconocerlo, mi formación ortodoxa no me estaba ayudando demasiado hasta el momento. Decidí darle una oportunidad a la idea de que aquella escritura, tan familiar y a la vez tan diferente, podía ser algún tipo de protoescritura jeroglífica. ¿Y si los signos que no reconocía no eran más que símbolos que con el tiempo habían evolucionado a otros?

Y entonces, simplemente, todo encajó. Localicé los signos que no conocía y los sustituí por otros a cuya forma me recordaban. En total no tardé más de diez minutos en descifrar las inscripciones de los tres escarabeos.

Como por arte de magia, el mensaje que ocultaban las pequeñas figuras cobró vida ante mí. Los caracteres y los sonidos se entrelazaban, creando palabras cuyo significado, simplemente, me fascinó.

Ya podía entender el mensaje que encerraban.

Se trataba de una fórmula. Una fórmula que compelía a devolver la vida a aquello que ya no la poseía. Sorprendentemente, no se dirigía a ningún dios, ni siquiera mencionaba a Horus, el dios de los muertos, ni a Osiris, que había regresado de entre los muertos gracias a su hermana y esposa, Isis. No, en su lugar, se dirigía a la materia en sí misma o, mejor dicho, a los pequeños componentes que la conformaban, ordenándole que volviera a recomponerse como había sido en vida.

Soy un hombre de ciencia. Estudié en Eton y en Cambridge.

Jamás habría creído en este tipo de creencias sobrenaturales y, sin embargo, sin embargo… al releer la extraña fórmula no pude evitar recordar la teoría de John Dalton que postuló en 1803. Según Dalton, la materia está compuesta de partículas indivisibles e indestructibles llamadas átomos. Y a su vez, este concepto no era nuevo, ya lo había postulado Demócrito en el siglo IV a.C. ¿Y si Demócrito compartía algún conocimiento perdido de los antiguos egipcios?

En cualquier caso, debía averiguar cómo funcionaba. Recordé mis pasos aquel primer día, cuando Isham y yo entramos en la tumba. ¿Había sido suficiente con depositar la prímula y que los escarabeos actuaran por sí solos, devolviéndole la vida? Probablemente no. Entonces recordé que los había estado inspeccionando y que había leído la inscripción, murmurando los sonidos, aunque sin comprenderlos. ¿Podía ser eso? ¿Bastaba con recitar la fórmula en voz alta para devolver la vida a una flor? ¿Y si...?

Van a pensar que estoy loco. Pero entonces valoré por primera vez la posibilidad de que la momia no fuese robada por unos ladrones. ¿Y si, como la prímula, había cobrado vida? ¿Era tal cosa posible? Por improbable que fuera, explicaría lo que había ocurrido.

Fuera de mí, caminé a pasos grandes y rápidos por mi despacho. No, sin duda me estaba volviendo loco, aquello no era posible, pero una vez más... ¿Y si hubiera una oportunidad, por mínima que fuera, de que funcionase? ¿Pueden imaginar lo que eso significaría para la humanidad?

Son ustedes hombres de mi edad, estoy seguro de que, como yo, se han enfrentado a la muerte de uno o más seres queridos. ¿Y si pudiéramos traerlos de regreso? Piénsenlo. Sería el fin del duelo, del dolor insoportable de la pérdida. Y aún más, sería alcanzar por fin la inmortalidad.

Decidido, llamé a Isham. Necesitaba probar con otras plantas así que le encargué que fuera al mercado y comprara flores y frutas en el peor estado que encontrase, necesitaba que se encargara él mismo y no hablara del tema con ningún criado. Mi leal Isham me miró como si hubiera perdido la razón, pero salió enseguida a cumplir mi orden.

Cuando llegó, le pedí que esperara y observara como testigo para que me confirmara si ocurriría algo o no. Depositamos las flores y las frutas podridas en la mesa de mi escritorio y me apresuré a leer las fórmulas de los escarabeos, comenzando por el más grande, continuando con el mediano, que es que me faltaba y del que sólo disponía de la inscripción que había copiado en mi diario y finalizando por el más pequeño.

Al principio no ocurrió nada. Pero al cabo de unos pocos segundos notamos que la temperatura descendía notablemente y una brisa casi imperceptible surgió de la nada.

Y entonces, ante nuestros ojos, tuvo lugar un milagro indescriptible: las flores y las frutas recuperaron la vida, exactamente igual que la prímula. Imaginarán por supuesto, nuestro asombro.

"¡Sahib, qué magia es esta!"—me imploraba Isham. Pero yo no podía hablar, la emoción de mi descubrimiento era tal que no podía articular palabra, de hecho, casi no podía tenerme en pie. Sentí un vértigo infinito ante las posibilidades sin límite que se abrían ante nosotros, pero sobre todo, estaba eufórico porque lo que había ocurrido significaba que existía una posibilidad, una posibilidad real de volver a reunirme con Elaine en esta vida, que, hasta donde sabemos, es la única que existe.

Le expliqué a Isham lo que había ocurrido y le mostré la prímula y mis sospechas. No me fue difícil convencerle de que me apoyara. Yo ya sabía, por supuesto, que lo que pensaba hacer implicaba un gran peligro y no podría hacerlo solo. Necesitaba su ayuda y, como siempre desde que éramos niños en la India, conté con ella.

No obstante, antes de dar el paso definitivo, quise hacer las cosas bien. Fue entonces cuando escribí el artículo que terminaría arruinando mi reputación como arqueólogo. Me decidí a compartir con la comunidad científica internacional la transcripción de la inscripción del escarabeo que se habían quedado los egipcios (como recordarán, los otros dos no existían para el mundo, pues yo los había guardado conmigo). Es la parte más confusa de la fórmula, hace referencia a la importancia de la fase lunar al realizar la fórmula, siendo imprescindible que ésta sea llena. También se menciona la materia y sus componentes.

En mi artículo no sólo aventuraba que los egipcios conocían el átomo del que hablaba Dalton, sino que la lengua egipcia, y por ende la cultura egipcia, era muy anterior a las fechas que barajábamos hasta el momento.

Las críticas y las burlas de mis antiguos colegas no se hicieron esperar. Al parecer, el hecho de insinuar que Demócrito pudo estar en contacto con los antiguos egipcios e inspirarse en ellos para formular su teoría fue un sacrilegio imperdonable, así como cuestionar las fechas oficiales en que se mueve la Egiptología ortodoxa. De repente, mis investigaciones, todos mis artículos anteriores e incluso, el descubrimiento de la tumba de Senenmut, considerado hasta entonces "el mayor descubrimiento de la historia de la arqueología moderna," quedaron en nada y mi nombre merecía el mayor de los escarnios.

No me malinterpreten. No soy un ingenuo. Por supuesto yo ya sabía que mi artículo levantaría una gran controversia, por decirlo diplomáticamente. Pero esperaba que mi nombre fuera suficiente para que alguien que estuviera investigando en una línea similar, se pusiera en contacto conmigo para compartir conocimientos. Quizá podíamos llegar juntos a un punto común del que se beneficiara toda la comunidad científica y, por ende, la sociedad. Pero fue en vano.

A raíz de mi gran decepción, decidí continuar la investigación en secreto y por mi cuenta, con la ayuda de Isham. Si se habían reído de mí ya no había ningún motivo para compartir mi descubrimiento con nadie. Así que despedí a todo el servicio con una generosa compensación y nos entregamos con fervor a nuestro nuevo objetivo: traer a Elaine con vida del mundo de los muertos.

El primer paso, era, por supuesto, intentar resucitar a un ser humano. Para avanzar cuanto fuera posible, decidí que debía ser una mujer de la misma edad que Elaine y que llevara fallecida el mismo tiempo que ella. Además, no quise que nadie sufriera por la desaparición del cuerpo, por eso me cuidé de que el cadáver que utilizáramos fuera de una mujer sin familia.

Se llamaba Mary Magdaleine Smith y era una pobre muchacha sin familia que se había arrojado al Támesis sabe Dios en qué horrible momento de desesperación. Como no había tenido nadie a quien recurrir en vida, tampoco tuvo a nadie que la asistiera en la muerte, pero afortunadamente las monjas del colegio católico donde había crecido se apiadaron de ella y pagaron una sencilla tumba con su nombre en el cementerio de Kensal Green en vez de dejar que su cuerpo se entregara para estudio a alguna facultad de medicina o algo peor.

Ella fue la primera.

Libré una amarga batalla contra mis escrúpulos y me pregunté una y otra vez si sería capaz de hacerlo: sacar a aquella desgraciada joven de su tumba y traerla aquí, en el estado en que estuviera dos años después de su muerte, para devolverla a la vida. Pero era necesario. Por Elaine.

La casa estaba vacía y había improvisado en este mismo lugar la que a partir de entonces sería mi sala de operaciones. Aún recuerdo el ataúd abierto de par en par y el cadáver descompuesto de la muchacha, iluminado por las luces de gas. Era un espectáculo grotesco que no le deseo a nadie. Tras un momento de duda, la mirada apremiante de Isham me animó a continuar. Tal como indicaba el tercer escarabeo, era luna llena y no había tiempo que perder. Llegado el amanecer la fórmula no funcionaría.

Reuní los textos y los dos escarabeos y en voz alta, haciendo un gran esfuerzo por que no me temblara la voz, cuan sacerdote egipcio, recité la antigua fórmula que durante dos mil quinientos años había dormido en el interior de la tumba.

Las palabras salían de mi garganta, guturales y silbantes, un sonido rítmico y casi hipnótico que parecía entrar en resonancia con todas las cosas de la sala: la mesa, la lámpara, las velas y yo mismo. Me pregunté si era así como funcionaba, si simplemente el sonido de las palabras perdidas tenía tanto poder que podía revertir el proceso de la muerte.

El silencio se hizo atronador cuando pronuncié la última sílaba. Isham y yo aguardamos expectantes, pero no pasó nada. La joven continuaba en su ataúd, los huesos saliendo entre los jirones de piel putrefacta, los ojos marchitos abiertos sin párpados que los cubriese.

Entonces ocurrió. La temperatura descendió drásticamente y una extraña brisa fría inundó la sala. Mi pulso se disparó, "estaba pasando".

De repente, ella se movió tímidamente. ¿O lo habíamos imaginado? Isham cogió la antorcha que iluminaba la entrada a la bodega y la acercó a la joven para poder ver con más nitidez. ¡Y entonces lo vimos! ¡Sí, por supuesto que se había movido! ¡Estaba viva, viva!

Fascinado por el enorme logro sobre la muerte, me acerqué a ella, intentando ayudarla. La joven continuaba moviéndose, intentando incorporarse con torpeza en el ataúd en que estaba. Entonces algo extraño ocurrió. De repente, al sentarse, se vio una mano. La mano descompuesta, en la que faltaban algunos dedos. Con horror se miró el otro brazo y el resto del cuerpo y el ataúd en el que estaba. Entonces nos miró aterrorizada, sin comprender lo que estaba ocurriendo. Y yo mismo me di cuenta del propio horror de la muchacha al despertar en aquel estado de putrefacción, arrepentido de lo que había hecho. Pero debía haber una solución para ella, estaba seguro. ¡Las flores y las frutas habían vuelto a la vida en perfecto estado! Intenté calmar a la muchacha que ahora lloraba y gemía descontrolada.

"Está bien. Cálmate, lo arreglaremos, te lo prometo. Confía en mí."

Por toda respuesta una mano que parecía de hierro me aferró por la garganta y me levantó del suelo. La muchacha se había levantado en un movimiento antinatural y me había apresado con todas sus fuerzas contra la pared. Aquella era una fuerza sobrehumana. Soy un hombre joven y fuerte y aún así no pude hacer nada para zafarme de ella. Mis gafas se cayeron y se me nubló la vista por falta de aire, el dolor en la garganta se hacía insoportable y yo no podía pensar más allá de aquellos ojos amarillentos que se salían de las cuencas, ojos llenos de odio y de horror. Entonces, justo cuando pensaba que no podía aguantar más, que estaba a punto de morir, la presión cedió y caí al suelo, tosiendo y llevándome las manos a la garganta, tanto como el dolor me permitía, intentado respirar.

Una enorme bola de fuego y gritos retorciéndose en la sala estuvo a punto de engullirme y entonces comprendí lo que había ocurrido: La pobre chica ardía en llamas, desesperada por el dolor insoportable, interpretando una danza macabra, arrastrando con ella todo cuanto tocaba, durante lo que nos pareció una eternidad.

Isham, que la miraba horrorizado, con la antorcha aún en la mano, me había salvado la vida.

Me puse en pie buscando agua para apagar el fuego, pero cuando reaccioné me di cuenta de que ya era tarde. Los movimientos agónicos de la joven cesaron al fin.

Había muerto de nuevo ante nosotros.

No puedo describir con palabras la culpabilidad que nos embargó. En un intento de traer a la vida a aquella pobre criatura le habíamos causado una segunda muerte aún más horrible que la primera. Todo había salido mal, despiadadamente mal.

Durante los siguientes días caí en una profunda tristeza. Evidentemente, como se imaginarán, decidimos desistir de continuar con nuestros experimentos. Perdí cualquier atisbo de esperanza ahora que sabía que no podía hacer regresar a Elaine era como si la hubiera perdido de nuevo. Como Orfeo cuando pierde a Eurídice después de haberla rescatado del Averno. No podía continuar viviendo, la vida no tenía ya ningún sentido para mí y por eso intenté quitármela.

Sólo la rápida intervención de Isham pudo salvarme.

Tardé unos días en recuperarme de mi intento de abandonar este mundo, pero si me hubieran visto entonces, habrían comprendido que no es necesario que un hombre no respire para que esté muerto. Basta con que no tenga un motivo para vivir para que su alma se marchite.

Entonces Isham, una vez más, acudió a rescatarme.

"Quizás hicimos algo mal, Sahib"—aventuró. —"Quizás podemos intentarlo de nuevo".

Pasé varias noches en vela, dándole vueltas una y otra vez a aquellas palabras. Sin duda algo habíamos hecho mal, ¿pero qué? Y en tal caso, si continuábamos adelante llegaría un momento en que lograríamos la solución. De esta forma, volví a recuperar las ganas de trabajar y reemprendimos nuestra investigación.

Durante los siguientes meses hicimos numerosas pruebas con pequeños animales, intercalando pequeñas variantes. Todas salieron mal. Comprendí que según la complejidad del organismo que intentara resucitar los resultados variaban. Devolver la vida a las plantas era inusualmente sencillo, incluso aunque no hubiera luna llena. Pero con estructuras orgánicas más complejas, como animales, era diferente, sencillamente, no funcionaba.

Entonces, en algún momento, me di cuenta de qué fallaba. Lo vi con una claridad cristalina y me pareció tan evidente que áun no sé cómo no lo vimos antes: necesitábamos el tercer escarabeo. Eso era lo único diferente. Por algún motivo, era necesario que todos los amuletos estuvieran presentes para recitar la fórmula y que surtiera efecto. Estoy seguro de que esa es la única respuesta, lo único que necesitamos para lograr nuestro objetivo, para vencer a la muerte.

Claro que eso conllevaba un gran obstáculo pues el escarabeo que faltaba estaba en Egipto, custodiado a buen recaudo por el Ministerio de Antigüedades. Pero lógicamente, no iba a pararme ante lo que, bien pensado, en comparación con todo lo que habíamos logrado hasta entonces, no era más que una absurda nimiedad.

De esta forma, me involucré por completo en las negociaciones para traer los objetos de la tumba de Senenmut a Londres para su exhibición en el British Museum. Una vez aquí, tendría la posibilidad de hacerme con él. Por supuesto, todo el mundo pensó que lo hacía para limpiar mi reputación. ¡Como si a esas alturas a mí me importara lo que pensaran de mí esa panda de obtusos ignorantes!

Fue sólo cuestión de tiempo que, finalmente, consiguiéramos traer toda la colección a Londres, para su exposición temporal y desde que obtuvimos la respuesta favorable del Ministerio de Antigüedades de Egipto, comenzamos a trabar nuestro plan.

No podía arriesgarme a robar únicamente el escarabeo. Había escrito un artículo sobre él y no sería difícil que las sospechas cayeran enteramente sobre mí. En su lugar, decidimos que habría que robar otros objetos más de manera que el amuleto pasara desapercibido entre ellos.

El día que finalmente los objetos llegaron a Londres comenzamos a preparar la segunda parte del plan. Esta vez no podía permitir que nada saliera mal, así que necesitaba no sólo un cuerpo, sino algunos más, para comprobar que todo funcionaría perfectamente antes de devolverle la vida a Elaine.

El horror de la segunda muerte de Mary Magdaleine no había dejado de atormentarme ni un sólo día, pero esta vez tenía la certeza de que todo saldría bien. Sabía exactamente cómo hacerlo, cúando hacerlo y tendría todo cuanto necesitaba.

Por ese motivo contratamos a los indeseables con los que desafortunadamente se las han tenido que ver esta noche. No me fiaba de ellos, así que Isham se prestó para vigilarles y asegurarse de que sus fechorías no fueran más allá de lo pactado.

Por fortuna, el calendario nos favoreció esta vez. Habría luna llena unos días antes de la inauguración de la exposición y justo para la noche antes preparamos nuestro robo. Igualmente, para asegurarnos de tener los cadáveres suficientes, comenzamos los robos de cadáveres la semana antes.

El cuerpo de Elaine lo recuperaríamos de Highgate la misma noche de luna llena.

En cuanto al robo del museo, que es lo que les ha traído hasta aquí, fue tan sencillo como quitarle un caramelo a un niño pequeño.

Isham fue al museo a última hora de la tarde. A nadie le extrañó verle allí ya que, debido a la organización de la exposición y mi activa labor en todo el proceso, mantenía una estrecha comunicación con los responsables e Isham siempre me acompañaba en mis visitas y llevaba él mismo mis notas.

Quizás por eso nadie se dio cuenta de que, cuando el museo cerró sus puertas al público, Isham no lo había abandonado.

En lugar de marcharse, permaneció escondido en uno de los cuartos donde se guardan los utensilios de limpieza que sabíamos que no se inspeccionaría aquella noche. Después, solamente tuvo que aguardar a que llegara la noche y a que los guardas ocuparan su lugar.

¿Han oído hablar de la "radis pedis angelorum"? Es una raíz que crece bajo raras condiciones en la cordillera del Himalaya. Su nombre se debe a su extraña forma que recuerda a la del pie de un niño pequeño. En algunas poblaciones indias se lleva usando con usos curativos desde tiempo inmemorial. Pero también tiene otras propiedades. Los sacerdotes de un antiguo culto a Shiva la toman para entrar en trance y poder ver al dios. Si la raíz se reduce a polvos y éstos se queman, su humo induce a un profundo sueño que desencadena los anhelos más profundos del ser humano. Muchos hombres y mujeres, tras experimentar con ellos, despiertan con una idea clara de su propósito en la vida y cómo conseguirlo. Muchos de ellos cambian radicalmente su comportamiento, otros, simplemente, comprenden que ya tienen todo cuanto querían. En todo caso, es una experiencia absolutamente transformadora.

Protegido con un pañuelo húmedo cubriendo su nariz y su boca, Isham procedió a quemar la raíz y a hacer que circulara por los pasillos del museo: el efecto fue inmediato. Tan pronto los hombres se rindieron al sueño, él procedió a romper las vitrinas y sustraer los objetos de su interior. El único que no podía dejar atrás era el escarabeo que necesitábamos.

En total, no fueron necesarios más de treinta minutos. Finalmente, cargado con los tesoros de Senenmut, Isham abandonó el museo por una de las puertas de acceso secundario, en la oscuridad de la noche. Para cuando el robo fue descubierto, pocas horas antes del amanecer, él ya estaba a salvo en casa y el escarabeo protegido a buen recaudo junto a sus hermanos.

Y esta, caballeros, es toda mi historia.

Capítulo 7

Un pacto entre caballeros

Un profundo silencio cayó sobre nosotros como una loza cuando Lord Leighton finalizó su fascinante historia.

¿Era posible que fuera cierta? ¿Que aquel joven arqueólogo, consumido por el dolor de la pérdida de su esposa, hubiera logrado la cura contra la muerte? Aquel era sin duda el más antiguo anhelo del ser humano, tan antiguo como imposible de alcanzar.

Por supuesto, como profesional hasta la última célula de mi cuerpo rechazaba aquella idea totalmente contraria a mis conocimientos médicos. No había forma de alcanzar algo semejante.

Pero aún así... ¿Y si fuera posible? La mera posibilidad, por remota que fuera, y todas las implicaciones que conllevaba, me producía vértigo. Instintivamente, miré a la pequeña prímula que descansaba, intacta, donde Lord Leighton la había depositado.

—Lo único que ha fallado en mi plan es que nunca pensé que el asunto fuera tan importante como para llamar al famoso Sherlock Holmes, pero como comprenderán, caballeros, no he llegado hasta este punto para detenerme ahora.

—¿Nos está amenazando? —exclamé, levantándome de la silla, indignado.

—En absoluto— replicó Lord Leighton, sin alterarse—. Como les dije antes, son ustedes libres de marcharse ahora mismo, nadie se lo impedirá, de hecho, les invito a que así lo hagan.

—Y a nosotros nadie va a impedirnos acudir inmediatamente a Scotland Yard. No son pocos los delitos que ha cometido esta noche, Lord Leighton...

—Todos justificados.

—Nada de lo que ha contado justifica su comportamiento, pero no voy a enfrascarme en una discusión con usted. La verdad es que me trae sin cuidado lo que haga con el cadáver de su esposa y con los de las otras pobres desgraciadas

—¡Holmes! —protesté.

—Watson, no se sorprenda. Mi única misión es recuperar el tesoro de la tumba de Senenmut, por ese motivo se requirieron mis servicios, por eso estoy aquí esta noche y eso es exactamente lo que voy a hacer.

—¡Lléveselos si quiere, yo sólo necesito el escarabeo! Le aseguro que para mis obtusos colegas es el menos valioso de todos los objetos.

Holmes guardó silencio un instante, antes de responderle.

—Devolver todos los objetos menos uno sería un fracaso en mi carrera. Como le digo, voy a devolver todos los objetos, Lord Leighton.

—Entonces no será esta noche.

Miré a Holmes. La actitud desafiante del arqueólogo era más que evidente y llevaba una sutil amenaza intrínseca. Sin embargo, no había dudado en dejarnos marchar si nos íbamos sin su preciado objeto mágico.

Holmes le miró, sopesando lo que iba a decirle a continuación, aunque yo, que ya le conocía bastante bien, sabía que mi amigo había tomado una decisión.

—La situación es obvia entonces. Usted quiere tiempo y yo quiero recuperar los objetos robados. Le voy a proponer un pacto, Lord Leighton. Un pacto entre caballeros.

Lord Leighton y yo le miramos con sumo interés.

—Quiero los quince objetos de vuelta y los quiero todos juntos. No aceptaré menos.

—Ya le he dicho....

—¡Aún no he terminado! —le interrumpió con impaciencia—. Lo que no le he dicho... es *cuándo* los quiero.

Ambos hombres guardaron silencio mientras se retaban en silencio.

—Mi propuesta es la siguiente —continuó Holmes—. Esta noche el Dr. Watson y yo nos marcharemos y, sólo si usted acepta nuestro trato, no le denunciaremos a Scotland Yard. En su lugar regresaremos directamente a Baker Street, donde nos daremos un baño caliente, nos pondremos ropa limpia y seca y disfrutaremos de unas horas de sueño reparador.

Tal como Holmes hablaba, me pareció que aquel plan era el mejor de todos los planes posibles. La cabeza continuaba doliéndome, si bien bastante menos y la ropa mojada hacía que el frío me helara hasta los huesos. Ya podía imaginarme entra las suaves sábanas de algodón en mi cama de Baker Street. Y después de haber escuchado la dramática historia de Lord Leighton no me cabía duda de que sus actos se debían al dolor de un alma solitaria y que cesarían esa misma noche.

—¿Y qué propone que haga yo a cambio, Sr. Holmes?

—Mañana a primera hora, Lord Leighton, mandaré a una persona de mi entera confianza a recoger los objetos robados. Usted deberá entregárselos todos, sin excusa ni dilación. Esta persona me los entregará en una dirección que le habré facilitado previamente. Si no los tengo todos procederé a denunciarle. Con todas las consecuencias que ello conlleve. Pero si los recupero me comprometo a no revelar su identidad.

Miré a Holmes con suma sorpresa, sin saber a qué atenerme. ¿De verdad estaba dispuesto a ofrecerle a Lord Leighton un trato tan ventajoso? ¿Permitir que saliera inmune del robo del museo y de los cementerios?

Lord Leighton lo miraba igualmente sorprendido, sin saber muy bien qué responder.

—Y bien, ¿qué me dice?

—No entiendo... no entiendo por qué lo hace —musitó Lord Leighton —. Es una oferta muy generosa por su parte.

—Pues es evidente. Sólo quiero recuperar los objetos, no gano nada arruinando su vida, Lord Leighton, creo que ya ha sufrido usted bastante. Y, además, estoy seguro de que la decepción que se llevará usted esta noche será un castigo más que suficiente para sus fechorías.

—Pero...pero... ¡No ha escuchado nada de cuanto le he contado! ¡He visto con mis propios ojos cuanto le he relatado, Sr. Holmes!

—Nos ha contado exactamente eso, lo que *usted ha visto*. Pero le aseguro que hay una explicación perfectamente razonable para cuanto nos ha contado y usted ha creído ver.

Holmes se volvió hacia Isham, que nos observaba en silencio con la sorpresa grabada en su rostro. Estaba a punto de dirigirse a él, pero entonces, como si hubiera cambiado de opinión, cambió el gesto y guardó silencio.

—No sé a qué se refiere, Holmes. Estoy completamente seguro de lo que he visto. Es más, le invito a quedarse esta noche y a ver...

—¡Por favor, Lord Leighton! ¡Ya he visto más que suficiente! Lo que se propone hacer es una tarea tan absurda que sólo puede llevarla a cabo un hombre que ha perdido por completo el sentido de la realidad. Créame que puedo entenderle. Sólo espero que esta noche salga por sí mismo de su error y que eso sea el comienzo de una nueva vida para usted. De hecho, si me lo permite, le recomendaría que abandone Londres cuanto antes con cualquier excusa durante una buena temporada. Evitará situaciones incómodas que le puedan poner en peligro. Y ahora, como comprenderá, debo velar por la seguridad de mi amigo y llevarle de regreso a Baker Street. Y a usted le espera una larga noche por delante...

Poco más recuerdo de aquella noche, salvo imágenes sueltas que se agolpan en mi mente mientras escribo. Las puertas de la bodega cerrándose tras nosotros, con su luz fantasmagórica y los espeluznantes ataúdes amontonados quedando atrás. La voz de Lord Leighton, dando apresuradas órdenes, el galope de los caballos del carruaje que nos llevó de regreso a Baker Street.

Tenía docenas de preguntas para Holmes y seguía sin comprender qué había querido decir, pero mucho antes de llegar, caí en una inconsciencia profunda, que, al menos, borró mi dolor de cabeza que había vuelto a subir de intensidad.

Supongo que soñé con Egipto, con los cadáveres arrancados de sus tumbas y con extraños artilugios utilizados en herméticas ceremonias ofrecidas miles de años atrás a dioses ya olvidados.

Pero no me acuerdo. Sólo sé que me desperté en algún momento justo antes del amanecer. Llevaba puesto mi suave pijama de algodón, me encontraba bien arropado entre sábanas limpias y estaba a salvo y seguro en mi confortable habitación en Baker Street. A sólo unos metros de mí, envuelto entre las sombras que arrojaba el fuego de la chimenea, Holmes hacía guardia en mi habitación. El ceño fruncido, la nariz aguileña, el brillo de sus ojos grises confundiéndose con el resplandor de las llamas. Se había reclinado en la pequeña butaca, con los pies extendidos hacia el fuego, y el batín largo de paño y seda, regalo de Navidad Mycroft, le caía sobre el suelo con descuido.

Sin embargo, estoy seguro de que no recordaría este detalle si no fuera por la nota.

En su mano derecha, Holmes sostenía una nota manuscrita con un escudo de armas que no pude identificar pero que me resultaba extrañamente familiar. ¿Tendría algo que ver con su gesto de preocupación? En cualquier caso, el cansancio era tal que no tardó más que unos escasos segundos en volver a vencerme. Comencé a quedarme dormido de nuevo, lentamente, mientras los pensamientos de Holmes se perdían en el crepitar del fuego.

Y entonces caí en la cuenta: el escudo de armas era el mismo que había visto aquella misma noche en la tumba de Lady Leighton, custodiada por el ángel de bronce.

Capítulo 8

Hombre de ciencia, hombre de fe

El chico corría raudo como el viento a través de las calles de Londres. Atrás quedaron Picadilly y Oxford Street. A esa hora, los comercios principales ya habían abierto sus puertas y, poco a poco, comenzaban a llenarse de clientes.

El aire frío le cortaba la cara y se había mojado al salpicarse con el agua de un charco, consecuencia de la lluvia de la noche anterior, pero si había algo de lo que disfrutara era de correr libremente por aquellas calles en las que había crecido y que conocía como la propia palma de su mano. Estuvo a punto de chocarse con un grupo de modistillas, que caminaban distraídas cargadas con sus cestos de costura, pero las esquivó en una maniobra de giro sólo posible para alguien de su edad y su tamaño y continuó su carrera, ajeno a las protestas de las muchachas. Sujetó su gorra ante una ráfaga de viento y apretó con fuerza el paquete que llevaba contra su pecho mientras sentía cómo las tripas le rugían de puro hambre ante el delicioso aroma a pasteles y croissants al pasar frente a una de las pastelerías más famosas de la ciudad.

Cualquier otro día, habría intentado hacerse con uno, aprovechando algún descuido de los dependientes, pero hoy no tenía tiempo. Hoy era un día especial.

Tenía un encargo que cumplir y no era un encargo cualquiera.

Se detuvo en seco al llegar a su destino en Pall Mall y se tomó un instante para contemplar la amplia fachada, flanqueada por altas columnas y balaustradas, con los amplios ventanales a través de los cuales se vislumbraban elegantes lámparas de bronce y cortinas de terciopelo. Se colocó bien la gorra y se alisó la chaqueta que debía ser, al menos, dos tallas más grande que la suya. Al fin y al cabo, aquel era un sitio elegante.

Y le estaban esperando.

Subió de un par de saltos los escalones que le separaban de la puerta y, por segunda vez aquella mañana, sacudió la campana de la puerta principal de una de las mansiones más elegantes de Londres, sabiendo con toda certeza que no le echarían de allí a patadas.

Mientras aguardaba, se entretuvo en contemplar la placa de bronce que relucía en la puerta. Él no sabía leer, pero tampoco le hacía falta para descifrar su inscripción. Todo el mundo en Londres sabía que en aquel sobrio edificio se erguía el "Club Diógenes", el club de caballeros más excéntrico de toda la ciudad.

No tuvo que esperar demasiado, apenas unos segundos después, la puerta se abrió con un gran ruido de goznes.

—El señor Elliot, supongo —le recibió solemnemente, a modo de saludo, el viejo conserje. Llevaba una peluca blanca al estilo del siglo XVIII y también su librea parecía arrancada de aquella época, como si en Club hubieran decidido que las nuevas vestimentas posteriores al Antiguo Régimen no tenían cabida dentro de sus puertas.

Muy al contrario de lo que el niño esperaba, el conserje le trató con el mismo respeto y pompa y le hizo la misma reverencia con los que, sin duda, habría recibido al mismísimo heredero de la corona de Inglaterra.

—Pase, señor. Le están aguardando.

Muy probablemente, los fantasmas de los severos caballeros que le contemplaban desde sus retratos en el amplio vestíbulo principal, le habrían lanzado una breve mirada de desaprobación al reparar en su chaqueta raída y en las huellas de fango que iba dejando tras de sí en los relucientes suelos de madera noble, pero Elliot Potter, uno de los miembros más valientes y atrevidos de los Irregulares de Baker Street, ni siquiera reparó en ellos. Caminaba tras el conserje, a grandes zancadas, con soltura y despreocupación. Sostenía, eso sí, el voluminoso paquete con el mayor de los cuidados, protegiéndolo con ambos brazos.

—El señor Elliot ha llegado —anunció el viejo conserje con parsimonia, abriendo la puerta de la Sala de los Extraños, la única habitación en el Club Diógenes donde estaba permitido hablar.

Dentro, Mycroft Holmes, Sherlock y yo le aguardábamos con no poco interés. La sonrisa de oreja a oreja en la cara pecosa del chico dejaba traslucir que la misión que le había encomendado Holmes había sido todo un éxito. Personalmente, no pude alegrarme más, respirando aliviado por primera vez desde que mi amigo me había revelado que era a él a quien había encargado tan delicada misión, asegurándome que no podría encomendarla a nadie mejor ni con más garantías.

—¡Excelente, excelente, Elliot! —le recibió Sherlock con una sonrisa tan radiante como la del muchacho, a la que yo sabía que contribuía el rostro de estupefacción de su hermano.

—¡Lo he hecho todo tal y como usted me dijo, señor Holmes! Esta mañana, tan pronto me envió usted, me presenté en la dirección que me dijo y me entregaron este paquete con objetos. Los he tratado con el mayor cuidado, ¡no habría permitido que les ocurriera nada! —explicó, con orgullo.

Holmes le sonrió con visible simpatía y no pude evitar unirme a él.

—No esperábamos menos de usted, Elliot. ¿No es así, Watson?

—¡Por supuesto! —asentí. Y en efecto, así era. El respeto que tenían los Irregulares por Holmes era tal que no me habría sorprendido que el muchacho hubiera protegido la bolsa con su vida llegado el caso, incluso sin conocer su contenido.

Elliot le cedió el paquete a Holmes que, a su vez lo colocó sobre la enorme mesa de nogal que presidía la gran sala de reuniones de aquel eminente club de caballeros.

—En agradecimiento por sus servicios, permítame ofrecerle esta pequeña recompensa —le dijo Holmes, entregándole al chico una moneda de una libra. La cara del muchacho se iluminó por completo.

—¡Wow! ¡Muchas gracias señor Holmes! ¡Puede usted contar conmigo para cualquier cosa que necesite!

—Lo sé, Elliot. Gracias —le respondió, con una sincera sonrisa —. El señor Hopkins, el conserje, le acompañará a la salida.

—¡Sí, señor Holmes! ¡Muchas gracias! —repitió con entusiasmo guardándose la libra a buen recaudo mientras salía con el viejo conserje.

—¡Una libra! ¿Es que te has vuelto loco? —exclamó Mycroft tan pronto la inmensa puerta de madera se hubo cerrado.

—En realidad han sido dos. Le di una cuando le hice el encargo y le prometí otra cuando nos hiciera la entrega esta mañana.

—¡Dos libras! —se sorprendió, indignado.

—¡Oh, vamos, Mycroft, no seas tan tacaño! Acabas de recuperar un tesoro de valor incalculable y evitar un incidente internacional por el ridículo precio de dos libras.

Mycroft se dio por vencido, poniendo los ojos en blanco con aire resignado

—Algún día lograrás que me echen del club. Sabes que no nos gustan los escándalos y estoy seguro de que tu visitante no ha pasado precisamente desapercibido.

—Estoy seguro de que correrán un tupido velo —le respondió Holmes, mientras se dirigía a inspeccionar la bolsa, que descansaba cerrada sobre la mesa—. Y, por favor, no me hagas recordarte algunos capítulos de la historia de este edificio... estas paredes han albergado visitantes que no le llegarían a Elliot ni a la altura de los zapatos

—¡Holmes, abra la bolsa! —le interrumpí. Me podía la impaciencia y no estaba de humor para asistir a otra de las interminables discusiones de los hermanos Holmes. ¿Estarían los quince objetos? ¿O finalmente Lord Leighton habría cambiado de idea y no habría incluido el escarabeo? Holmes había sido claro y me temía que no dudaría en ejecutar su advertencia.

Con extremo cuidado, Sherlock abrió el paquete y ante nuestros ojos se expuso el conjunto de objetos más bellos que he visto hasta hoy. Jarrones de alabastro bellamente tallados, un pectoral de oro adornado con piedras preciosas, amuletos de oro y lapislázuli, pero sobre todo... ahí estaba. Destacando por su austera sencillez y, al mismo tiempo, rivalizando en belleza con las demás piezas, oculto en el fondo de la bolsa, se encontraba el escarabeo de fayenza, el talismán que había dado origen al robo del Museo Británico.

Holmes sonrió para sí.

—Ya lo ve, Watson. Aquí están. La lista de los quince al completo.

Yo, sin embargo, no sonreía.

—Pero..., ¿no hay nada más? —me sorprendí a mí mismo preguntando, inspeccionando el paquete vacío.

—¿Algo más, como qué?

—Pues... no sé. Una nota o algo así.

—¿Una nota sobre qué?

—Pues una nota, Holmes. Con un mensaje. Para saber si finalmente lo consiguió... ya sabe.

—¿Conseguir qué, de quién? –intervino entonces Mycroft, en un intento demasiado obvio de que me traicionara a mí mismo.

—Mycroft, debo recordarte el acuerdo al que hemos llegado esta mañana y que tú has aceptado. Te entregamos los objetos, pero la identidad del ladrón y el motivo del robo quedarán en secreto. Ese es mi precio –le replicó Holmes, tajante.

Mycroft nos miró a ambos, sopesando sus posibilidades. No eran demasiadas, al fin y al cabo, como acaba de recordarle Holmes, él mismo había aceptado aquella condición.

—Está bien —concedió finalmente tras un breve silencio—. Al fin y al cabo, yo tampoco tengo intención de destrozar la vida de... Lord Leighton.

Esta vez fuimos Holmes y yo quienes nos quedamos mirándole atónitos, como si Mycroft nos hubiera golpeado con una de las bazas medievales que se exponían en las panoplias de las paredes.

—¡Usted lo sabía! —acerté a decir finalmente.

—¡Pues claro que lo sabía, desde el primer momento! Pero no podía dejar el asunto en manos de Scotland Yard, además de ser una panda de incompetentes que no habrían encontrado por sí mismos la salida del museo en todo un mes, no podía arriesgarme a ponerles sobre la pista de la identidad del ladrón de cadáveres. En caso de que le descubrieran, Lord Leighton, por supuesto, no iría a la horca. La horca no es para las grandes familias que han luchado durante siglos por la defensa de nuestro país. Su destino, en cambio, habría sido mucho peor. Doctor Watson, ¿ha estado alguna vez en esos horribles sanatorios donde *tratan* a personas con enfermedades mentales? Yo sí. Y créame, no soy ningún pusilánime, pero a veces tengo pesadillas con lo que vi allí.

No, un caballero de la valía de Lord Leighton no podía acabar de esa forma, por eso te encargué el caso, querido hermano. Sabía que lo descubrirías todo y encontrarías una solución... digamos... digna para todos.

Holmes no le respondió. Contemplaba a Mycroft, entre divertido y enfadado, sin saber muy bien a cuál de las emociones atenerse esta vez. En aquella eterna partida de ajedrez que era la relación entre Mycroft y Sherlock, el mayor acababa de derribarle limpiamente. No obstante, no parecía ofendido. En más de una ocasión Holmes me confesó que el intelecto de su hermano era muy superior al suyo, pero "carecía de energía y ambición".

—¿Y también conoces los motivos de los robos, del museo y de los cementerios? —le preguntó Sherlock, con sincera curiosidad.

—Los intuyo. Pero ya me conoces, prefiero no entrar en detalles escabrosos. Además, es mejor así. Cuanto menos sepa, menos tendré que mentir.

Holmes asintió, ofreciendo su mano a Mycroft en señal de aprobación y dando así el asunto por zanjado. Ambos sabíamos que Mycroft mantendría su palabra de no desvelar la identidad del ladrón, de hecho, acabábamos de descubrir que ese era el verdadero motivo por el que había encomendado el caso a su hermano. Pero no lo iba a tener fácil, su responsable directo tendría preguntas para él, de hecho, tendría muchas preguntas, y no era otro que Su Majestad la reina Victoria.

Aquel día fueron numerosos los lugares a los que Holmes y Mycroft tuvieron que atender y a los que me insistieron en que los acompañara, cosa que hice con sumo agrado. El museo se mostró enormemente sorprendido y, sobre todo, aliviado por la rápida recuperación de las piezas.

Tan sólo dos días después, la exposición "Senenmut: tesoros perdidos del Antiguo Egipto" abría sus puertas al público sin que nadie sospechara lo cerca que había estado de no tener lugar. Largas colas de visitantes se acumulaban ante el edificio para contemplar las maravillas traídas desde Egipto gracias al esfuerzo del imperio británico y a la generosidad del prestigioso arqueólogo, mecenas de la excavación, Lord Alexander Leighton, cuyo nombre, de la noche a la mañana, volvía a cubrirse de gloria. De hecho, el éxito de la exposición fue tal que el número de visitas que logró no ha sido batido hasta hoy.

En un alarde de fuerzas y poder como vería en contadas ocasiones, Mycroft consiguió que el asunto no trascendiera a la prensa ni a la Embajada de Egipto, con lo que se evitó cualquier posible incidente diplomático que perjudicara los intereses del Imperio en este país ni la navegación de nuestras naves a través del Canal de Suez.

Aunque el caso no vio la luz y, por motivos obvios, no escribí nada sobre él, el prestigio de Holmes y la fiabilidad en sus métodos creció enormemente entre los altos miembros del gobierno que supieron así de su intervención.

Hubo, por supuesto, algunas voces críticas, especialmente desde la cúpula de Scotland Yard, acusando a Holmes de ocultación de delito por negarse a facilitar los datos del robo, especialmente la identidad del ladrón. Pero fueron tenues y enseguida fueron acalladas desde las más altas esferas. La recuperación de los objetos en escasas horas había sido todo un éxito y en esta ocasión nadie necesitaba un chivo expiatorio. No había necesidad de desafiar la creciente popularidad del detective.

Es más, el hecho de que Sherlock se hubiera negado en redondo a facilitar la identidad del o los ladrones no hizo más que incrementar el aura de misterio y excentricidad que ya entonces comenzaba a acompañarle donde quiera que fuese y que a partir de entonces siempre sería una de sus señas de identidad.

Hasta donde yo sé, nadie, excepto Sherlock, Mycroft y yo, supo nunca la identidad del ladrón ni relacionó jamás el incidente del British Museum con los desafortunados robos de cadáveres.

El descubrimiento aquella misma mañana del saqueo de la tumba de Lady Leighton, esta vez en el elegante y elitista Highgate, sacudió a la sociedad londinense volviendo a causar una gran alarma, especialmente entre la clase alta que descubrió escandalizada que no sólo las tumbas de los pobres podían ser objeto de profanación.

En aquel estado de descontento e indignación el periódico *The Times* publicó en primera página un artículo de Lydia Becker, una joven sufragista de ideas brillantes, un artículo de opinión sobre la incompetencia policial que tituló "Vosotros, inútiles" que encendió aún más los ánimos de los ciudadanos contra el cuerpo policial.

Como respuesta desesperada, Scotland Yard puso a Lestrade al frente de la investigación, quien organizó a la práctica totalidad de sus hombres en guardias nocturnas durante las siguientes semanas. Pero los macabros saqueos habían cesado súbitamente de forma misteriosa, algo que sólo podía deberse, según las declaraciones del propio Lestrade a la prensa, a su excelente plan y al temor que infundían sus hombres en los despreciables ladrones de cadáveres. Fuera como fuera, sé que le condecoraron por ello y que su situación y prestigio dentro de Scotland Yard también se vieron favorecidos tras esta aventura.

Pero me estoy adelantando a los acontecimientos.

Sí, aquel fue un día muy ajetreado para todos.

Sin embargo, yo no podía dejar de pensar en Lord Leighton y su sirviente. Daba por descontado que su descabellado plan había fallado, ¿cómo habría encajado su fracaso? Al entregar el tercer escarabeo renunciaba a su propósito, pues en su locura creía que era una pieza imprescindible para el éxito del ritual. Pero había algo más que no dejaba de inquietarme, un pensamiento molesto que quería descartar a toda costa pero que insistía en volver una y otra vez... ¿y si lo había logrado?

Al día siguiente supe por los periódicos que trataban el tema que junto con su sirviente había partido de Londres apresuradamente, "para evitar el dolor de enfrentarse a la barbarie de los vándalos que han perpetrado semejante crimen" aseguraba el *London Gazette*.

No me cabía ninguna duda de que no nos había mentido al relatarnos su historia, así que, ¿a qué se refería Holmes cuando dijo que nos había contado "lo que creía haber visto"? Yo sabía que mi amigo tenía una explicación perfectamente racional para los hechos extraordinarios que Lord Leighton nos había relatado: la desaparición de la momia, la prímula que se mantenía intacta, la "resurrección" de Mary Magdaleine Smith... Pero por más que yo intentaba unir las piezas de aquel puzle fascinante no daba más que con torpes explicaciones.

No fue hasta que llegó la noche cuando por fin pude sentarme tranquilamente con Holmes a comentar el caso y exponerle mis preguntas.

Habíamos disfrutado de una cena deliciosa junto a Mycroft en el elegante *St. James's Restaurant* en Regent Street y ahora nos disponíamos a pasar una agradable velada en la comodidad de nuestras estancias en Baker Street. Me serví una copa de *Château Lafite Rothschild* de la cosecha de 1787, un vino excelente, regalo del cliente al que ayudamos en el caso del diario envenenado (quien, además pagó a Holmes unos generosos honorarios) y que guardábamos para ocasiones especiales, como aquella.

Con la copa en la mano me senté junto al fuego frente a Holmes y durante un instante escuchamos sólo el crepitar de las llamas en el silencio de la noche.

—Me alegra ver que ya se encuentra mejor, Watson. Y le agradezco su ayuda en este caso y que también nos haya acompañado hoy.

La verdad era que tenía un buen chichón donde me había llevado el golpe, pero ya no había ni rastro de mareo.

—Ha sido un placer, Holmes. No obstante, ya que saca el tema hay algunas preguntas que me gustaría hacerle.

Holmes sonrió, con aquella sonrisa impertinente de superioridad que demostraba que esperaba mis palabras y que tanto me molestaba. Tanto que casi estuve a punto de dar la conversación por terminada e irme a la cama sin averiguar nada.

Casi.

—La verdad es que yo creo que todo está bastante claro, pero plantéeme sus dudas y las resolveré lo mejor que pueda —me respondió, mientras se levantaba para coger el tabaco que guardaba en la zapatilla turca.

—Verá, he estado dándole muchas vueltas. En primer lugar, ¿cómo descubrió que Lord Leighton era el ladrón de tumbas y lo que se proponía hacer esa noche? Usted le advirtió que no permitiera que nadie entrara o saliera de la casa. Una advertencia que yo entendí que era para proteger su vida y, sin embargo, era para evitar que cometiera un delito que acabara con ella.

—En efecto, Watson. La verdad es que no lo supe inmediatamente. Fue el grabado en el despacho lo que me hizo darme cuenta de la situación.

—¿El grabado?

—Sí, pero vayamos por parte, si le parece bien.

Holmes regresó a su asiento junto al fuego y rellenó su pipa con el tabaco. La encendió y dio una calada antes de continuar mientras el humo se elevaba por la habitación.

—Como sabe, antes de alquilar estas habitaciones a la buena de la Sra. Hudson viví durante un tiempo en Montague Street, justo detrás del Museo Británico.

—Exacto —afirmé, sin ver qué relación podía tener aquello con el caso, aunque aguardé a que continuara.

—De hecho, vivía exactamente a ocho minutos a pie del museo. Dada la cercanía y puesto que era un lugar que me resultaba muy agradable, desarrollé el hábito de dar un paseo matutino cada día hasta allí para leer la prensa en la Biblioteca Nacional[1]. También solía echar un vistazo a los artículos académicos que se publicaban. Para mi profesión resulta vital conocer disciplinas muy diferentes y estar al día en todas ellas.

—Sin duda —afirmé, comenzando a impacientarme.

—Pues bien, una de las temáticas que más me interesaba era la papirología y el estudio de la lengua egipcia.

Guardé silencio un instante, mirando a Holmes fijamente. Finalmente estallé.

—¿Me está tomando el pelo?

Holmes soltó una sonora carcajada.

—¡Pues claro que no! Ya sabe de mis conocimientos de criptología. Me interesan todos los sistemas de grafía, todos son útiles cuando uno se encuentra ante un mensaje cifrado. Pero, sobre todo, me fascina la influencia de las lenguas antiguas en nuestro idioma. De hecho, actualmente estoy trabajando en un ensayo sobre la influencia de las raíces caldeas en la antigua lengua de Cornualles.

Negué con la cabeza y le di un sorbo a mi copa.

—Holmes es usted una caja de sorpresa —acerté a responder finalmente. En efecto, a lo largo de nuestra larga relación nunca dejaría de sorprenderme con sus variados conocimientos e intereses que a menudo veían la luz en la resolución de casos imposibles o en la publicación de alguno de sus ensayos. Este que mencionaba, sin embargo, nunca llegó a ver la luz.

---

[1] Hasta 1973 la Biblioteca Británica se encontraba en el interior del Museo Británico.

—Pues bien, es así como reconocí el nombre Lord Alexander Leighton como el autor de una serie de excelentes artículos que leí entonces y que me gustaron especialmente. Como él mismo relató, su publicación se realizó durante el tiempo que pasó en Egipto con su esposa.

—Comprendo. Entonces no era un desconocido para usted.

—Sólo conocía sus artículos y el hecho de que era un reputado arqueólogo. También leí el ensayo que acabó con su prestigio. Reconozco que me resultó altamente interesante, aunque entiendo que fuera algo escandaloso para el mundo académico, siempre reacio a aceptar descubrimientos que puedan hacer tambalear los cimientos sobre los que se asienta su *status quo.* Sin embargo, había en él una brevísima mención a la vida después de la muerte, algo que sí me pareció inaceptable para un estudio científico. Me resultó curioso y, de alguna forma lo archivé en mi palacio mental, sin mucha confianza en que me pudiera ser de utilidad en el futuro, aunque como la realidad nos ha demostrado en esta ocasión, nunca se sabe...

—¿Y qué relación tiene todo esto con el grabado?

—Verá, Watson. Durante nuestra breve visita me percaté de que había algo, cómo decirlo… triste, oscuro en aquella casa, a pesar del esfuerzo notable por mantener la apariencia de normalidad. No había más criados que Isham, algo impropio para la mansión de un lord. Y el aspecto de Lord Leighton, si bien no era descuidado, no era el que se espera de un joven de su alcurnia. El traje que llevaba estoy seguro de que era anterior a su viaje a Egipto y el cabello a la altura de los hombros ya no está de moda. Era como si tuviera algo mucho más importante en mente como para preocuparse de esos detalles nimios.

—Algo para que para su ejecución necesitaba que no hubiera criados en la casa.

—Una obsesión, de hecho. Pero aún no estaba seguro. Así que me concentré en intentar averiguar si realmente estaba pasando algo en aquella casa o simplemente aquel era el resultado del luto de un joven viudo que aún no había olvidado a su amada esposa. Entonces fue cuando vi el grabado y todo encajó. ¿Lo recuerda, Watson?

Hice memoria. No soy ningún experto en arte, pero me gusta la pintura. Entonces lo recordé. Se trataba de un grabado basado en la bella obra de Corot "Orfeo y Eurídice". Y, como Sherlock, entonces lo vi claramente.

—¡Pues claro! ¿Cómo no me había dado cuenta? —exclamé, sorprendido por mi torpeza.

—"Orfeo y Eurídice". En la mitología griega, el joven Orfeo enviuda al perder a su esposa Eurídice y no duda en ir a buscarla al inframundo, superando para ello diversos obstáculos gracias a su don para la música. Finalmente, Perséfone, compañera de Hades, el señor del Averno, se apiada de él y permite a Eurídice que regrese a la vida junto al joven héroe. A cambio solo le impone una única condición.

—¡Que no mire a Eurídice hasta que hayan abandonado el inframundo! —apunté, recordando el mito que había estudiado en mis años de instituto.

—Exacto. Sin embargo, Orfeo no es capaz de mantener su promesa y se vuelve hacia ella para contemplar su rostro justo cuando estaban a punto de salir.

—Y ella muere en el acto, convirtiéndose en sombra y separándose de él, esta vez para siempre.

—Así es Watson. Veo que recuerda las clases de Mitología Clásica —aprobó Holmes, con un tono ligeramente sarcástico.

—Igual de bien que usted, Holmes —le repliqué, en el mismo tono, alzando mi copa en un brindis solitario.

Holmes sonrió ante mi respuesta y continuó.

—Hasta entonces no tenía más que elementos sueltos, piezas de un puzle que no sabía bien como encajar: el robo del museo, la pista sobre el arqueólogo, los ensayos que había leído, en especial el relacionado con el escarabeo robado, la tristeza reinante en la casa... el grabado fue la pieza que las unió todas. En la pintura de Corot, Orfeo lleva de la mano a Eurídice y al fondo se ven las sombras de los otros habitantes del reino de Hades. Es justo ese momento en que él rescata a su amada, devolviéndola a la vida, ese breve instante en que parece que el amor ha vencido sobre la muerte. Inmediatamente conecté el caso con los robos del cementerio y comprendí que eso era exactamente lo que lord Leighton intentaba hacer, de alguna forma, en aquella casa, esa misma noche. Luego el siguiente paso a dar por su parte era poder "rescatar" el cuerpo de Lady Elaine para devolverla a la vida.

—Pero, ¿cómo sabía que sería esa noche?

—Elemental. Él mismo lo explicó después. No tenía tiempo, el robo del cadáver debía hacerse tan pronto como fuera posible después del perpetrado en el museo y, evidentemente, antes de la inauguración de la exposición. Sabía que en cuanto se descubriera el robo del cadáver la prensa lo acosaría y habría una alta posibilidad de que cometiera un error que lo descubriera. Debía ser esa misma noche que, además, era luna llena.

Como siempre, cuando Holmes aclaraba su razonamiento, la explicación del caso resultaba desazonadoramente simple y matemática.

—De ahí que le advirtiera que no continuara con sus planes.

—Así es. Le dije que su vida correría grave peligro si alguien entraba o salía de esa casa aquella noche. Evidentemente me refería a las graves consecuencias que tendría para él que se descubrieran sus delitos. Ya oyó a mi hermano. El destino que le aguardaba no era mejor que la propia muerte.

—Pero no le escuchó.

—No esperaba que lo hiciera. Vi la determinación en sus ojos cuando hablaba de su esposa. Estaba obsesionado con traerla de regreso, no se habría detenido ante nada, mucho menos ante una mera advertencia de Sherlock Holmes.

Guardé silencio mientras Holmes se levantó para atizar el fuego de la chimenea.

—Así es como supo que nuestro siguiente destino debía ser Highgate esa misma noche.

—Exactamente, Watson —continuó, al regresar a su asiento—. Lo que aún no sabía era cómo había realizado el robo, aunque por supuesto, intuía que había alguna extraña droga implicada. Pero eso ya nos lo contó el mismo Lord Leighton.

—¿Pero aún así fue al cementerio e intentó impedir la profanación de la tumba, aún a costa de arriesgar su propia vida? Algo sorprendente en un hombre que ayer por la mañana afirmaba que el robo de cadáveres era un delito insignificante.

—Watson, me sorprende usted. Yo nunca dije eso. Por cierto, ya que menciona el tema, no deja de ser revelador que haya accedido de buen grado a mantener en secreto la identidad del ladrón de tumbas. Ayer mismo pensaba que merecía la pena capital.

Por algún motivo, las palabras de Holmes me dolieron. Era cierto. La mañana anterior, durante el desayuno, mis ideas sobre el caso eran muy diferentes. Comprendí entonces que un mismo delito no siempre puede conllevar la misma pena, había circunstancias que lo cambiaban todo y, de hecho, aquel no fue el único caso en que Holmes y yo evitamos contar toda la verdad a Scotland Yard. La verdadera Justicia, a veces, se encuentra más allá de las leyes de los hombres.

—"Touché" —respondí.

—De todas formas, debo admitir que fue una absoluta estupidez por mi parte acudir al cementerio a intentar evitar el robo.

Vaya, eso sí que era nuevo, el mismísimo Sherlock Holmes reconociendo un error por su parte

—Sabía que sería peligroso, pero no calculé bien nuestras fuerzas. Después de todo, sólo éramos dos contra cuatro y esos cuatro eran tipos sin escrúpulos, dispuestos a todo, como demostraron. Le pido disculpas, Watson, por haber puesto su vida en peligro. Acompañarme fue un acto de gran valentía por su parte.

—¡Oh, vamos, Holmes, no exagere! No fue más que un golpe en la cabeza —le respondí, intentando que no se percatara de que me estaba sonrojando.

—Mi único objetivo era evitar el robo del cadáver. No tanto porque no se profanara la tumba de Lady Leighton, sino porque sabía cuál era su propósito y cuál sería el resultado: una decepción insoportable por parte del arqueólogo y el fin de sus días en el infierno de un sanatorio. Después de que lord Leighton nos contara su historia sopesé la posibilidad de otras opciones, como el pacto al que llegamos.

Me levanté para servirme otra copa. Holmes había aclarado perfectamente la parte más racional del caso, pero aún quedaba la que más me inquietaba, aquella que no dejaba de dar vueltas en mi cabeza desde la noche anterior.

—Pero, ¿qué me dice de la historia de Lord Leighton? Todos esos hechos extraordinarios... la desaparición de la momia, la flor que no se marchita. Aseguraba haber resucitado animales y a aquella pobre chica...

Holmes ni siquiera me dejó terminar esta vez.

—¡Por el amor de Dios, Watson! ¡Esa es la parte más evidente de todas! —exclamó con prepotencia, como si le pareciera inconcebible que no hubiera hallado la explicación por mí mismo—. Es usted un hombre de ciencia, un cirujano de gran valía. No me dirá que va a considerar ni por un segundo semejante superchería como que alguien pueda regresar de la muerte.

—No, por supuesto que no. Pero... Lord Leighton parecía totalmente convencido. Había tanta fe en sus palabras... no puedo evitar pensar que quizás todo era cierto.

Holmes suavizó el gesto y el tono. Sin duda se dio cuenta de que había sido difícil para mí hacerle aquella confidencia y que necesitaba respuestas.

—La fe, mi querido amigo, ha creado imperios de la nada y ha hecho que el ser humano supere límites que ni siquiera podía concebir. Pero también le ha llevado a cometer los crímenes más atroces y a enarbolar la ignorancia como arma contra el que piense diferente. La fe en su propia locura es lo que ha mantenido a Lord Leighton con vida tras la muerte de su esposa.

Todos esos "hechos extraordinarios", como usted los ha llamado, son en realidad perfectamente ordinarios y tienen una explicación absolutamente lógica.

—Pero, ¿cómo puede explicar, por ejemplo, la desaparición de la momia y la extraña muerte de los obreros?

—No hay nada que explicar ahí, Watson. Un grupo de personas, seguramente vulgares ladrones, robaron la momia con la intención de venderla en el lucrativo mercado negro de antigüedades egipcias. Los mismos que para ello, no dudaron en eliminar a los hombres que hacían guardia.

Cómo murieron exactamente no puedo averiguarlo basándome en las vagas descripciones aportadas por Lord Leighton. Incluso no descartaría una muerte por puro terror. Se trataba de gente supersticiosa, me imagino el miedo que debieron sentir al escuchar los ruidos de los ladrones adentrándose en la tumba y que quizás atribuyeron a una entidad sobrenatural. Quién sabe.

La verdad es que, como médico, aquella explicación no me convenció del todo, pero era cierto que no teníamos más datos para establecer la causa de la muerte de aquellos pobres desdichados. Resultaba, en todo caso, una respuesta mucho más aceptable que el hecho fantasioso de que una momia de dos mil quinientos años hubiera cobrado vida con el poder de asesinar mediante una simple mirada.

—¿Y la flor marchita que volvió a la vida?

Holmes apoyó la barbilla en una mano y volvió su mirada hacia el fuego.

—Ninguna flor marchita volvió a la vida, Watson. Eso no era más que un burdo truco.

—¿Un truco? ¿De Lord Leighton?

—No. De su sirviente, Isham.

—¿Isham? —pregunté sorprendido—. No entiendo a dónde quiere llegar.

—Es evidente, Watson. Todo esto no es más que una inteligente trama orquestada por el joven sirviente indio. Piénselo. Lord Leighton nos dijo que Isham lleva a su servicio desde que ambos eran niños. Existe un fuerte vínculo entre ellos que va más allá del de criado y amo, yo diría que, en realidad, son casi como hermanos. Se criaron juntos, han estado juntos toda la vida. Isham ha cuidado y protegido de su señor todo este tiempo y eso es exactamente lo que ha hecho, a su manera también en esta ocasión: protegerle.

—¿Protegerle de qué?

—De su propia desesperanza, por supuesto. Lord Leighton nos habló de la profunda tristeza en que se sumió tras la muerte de Lady Elaine. Sólo la vuelta a Egipto con el objetivo de encontrar la tumba de Senenmut pudo sacarle de ella. El ser humano necesita tener un propósito, un fin, sin él no es más que un barco a la deriva que vaga por el océano sin rumbo fijo.

—Y una vez hallada la tumba, Lord Leighton volvía a carecer del suyo, siendo de nuevo pasto de su propia autocompasión.

—Exacto. Isham, que lo sabía, se dispuso a preparar un nuevo objetivo para su señor. Uno verdaderamente importante, algo que le motivara a seguir adelante trabajando e investigando con una disciplina inquebrantable.

—¿Y cómo cree que lo hizo? Creo recordar que Lord Leighton dijo que sacó la flor marchita de su bolsillo y al día siguiente, al volver a la tumba, la flor estaba intacta. ¡Nosotros mismos la vimos y estaba perfecta!

—Recuerde que cuando bajó a la tumba, en ambas ocasiones, le acompañaba Isham. Sin duda vio cómo Lord Leighton dejaba allí la flor la primera vez y no tuvo más que reemplazarla al día siguiente por otra recién cortada antes de que su señor se fijara en ella.

—No es fácil encontrar una flor así en el desierto, Holmes.

—Sin duda. Pero Isham se dio cuenta de que aquella planta había llamado la atención de Lord Leighton y vio en ella una oportunidad. Estoy seguro de que volvió a donde la había visto y la trasplantó a una maceta que, sin duda, mantenía oculta. Si tiene conocimientos para cultivar una planta tan extraña como la "radis pedis angelorum", ¿le resulta impensable que sepa suficiente botánica como para mantener una flor fuera de temporada? Hasta un niño puede improvisar un sencillo invernadero en cualquier clima.

—¿Quiere decir que Isham cambia la flor cada día?

—No sé si cada día, pero sí cada vez que su señor quiere verla. Recuerde que le envió a por ella, lo que quiere decir que es él quien la custodia, y que su regreso no fue precisamente rápido. Como siempre, una vez eliminado lo imposible, lo que queda, por improbable que parezca, debe ser la verdad.

Misterio resuelto. Ahora que Holmes lo había explicado toda la trama resultaba tan obvia, tan burda. No había ninguna flor inmortal, nunca la había habido.

—¿Y la resurrección de la joven Mary Magdalein?

—¡Oh, eso! Sin duda, el episodio más triste de toda esta historia. Estoy convencido de que la muchacha era una simple actriz o incluso una pobre chica de la calle que accedió a representar el papel que le propuso Isham a cambio de unas pocas monedas. Sólo que aquella macabra representación se les fue de las manos y terminó de la peor manera posible. Estoy seguro, no obstante, de que fue un accidente y que nunca hubo intención de hacer daño a la muchacha.

—¡Pero eso no encaja en absoluto con la descripción del cuerpo putrefacto que nos narró! Y con la fuerza sobrehumana de la chica, estuvo a punto de matarlo cuando intervino Isham.

—Dudo mucho que nuestro lord haya visto muchos cuerpos que llevaran dos años enterrados. Él mismo nos contó que se encontraba muy impresionado con la tarea que tenían entre manos. Créame, como maestro del disfraz que me consideran algunos, le aseguro que el maquillaje puede obrar milagros. O, al menos, aparentarlos.

—Una actriz maquillada —acepté, reacio. Tenía sentido, pero me resultaba demasiado simple—. ¿Y qué me dice del robo del cadáver?

—Eso sí fue real, por desgracia. Tenía que serlo para que realmente resultara creíble. Pero en el caso de la joven Mary Magdaleine, Isham simplemente se deshizo del ataúd "auténtico" y lo sustituyó por uno "falso" con la joven viva en su interior.

—¿Y todos los demás casos de los que nos habló? Nos dijo que incluso habían resucitado animales.

—No me cabe duda de que Isham se las arregló con éxito para fingir una resurrección en cada ocasión. No le faltan recursos, por lo que parece, y tiene la misma determinación en mantener la ilusión de su señor que el propio Lord Leighton en recuperar a su esposa.

—Es una ardua tarea entonces —concluí, sopesando la pesada carga que el sirviente había adquirido para proteger a su señor de sí mismo. Lo imaginé, en la oscuridad de su habitación, cuidando su preciado invernadero del que dependía la fe de Lord Leithton en que lo que estaban llevando a cabo realmente tenía un sentido y un fin. Imaginé sus noches en vela, temiendo que un absurdo detalle echase por tierra su plan o su remordimiento por la horrible muerte de aquella pobre muchacha. Y todo ello en soledad, sin poder permitirse jamás revelar su secreto. Debía ser muy fuerte el lazo de amistad y respeto que le unía a Lord Leighton para que hubiera decidido hacer de su vida un sacrificio continuo.

Medité un instante, mientras el aroma del vino se fundía con el de la madera de encina que ardía en la chimenea, disfrutando del calor y la sensación de confort, permitiendo que un agradable sopor me invadiera. Me sentía satisfecho con la explicación de Holmes, perfectamente lógica y racional, como esperaba. Eliminaba lo imposible, quedaba sólo la verdad.

Y sin embargo... al contrario que en otros casos anteriores había algo en este que parecía rechinar, algo que no encajaba bien, como una pieza de ajedrez mal colocada en el tablero. ¿Pero qué?

—¡Ah, Holmes!

—¿Sí? —respondió mientras se levantaba para coger su Stradivarius.

—¿Qué decía la nota?

Observé que una ligera sombra, casi imperceptible, turbaba el rostro de Sherlock Holmes.

—¿Qué nota? —me preguntó, con despreocupación, mientras se colocaba de espaldas a mí, mirando hacia la ventana con el violín en la mano.

—Anoche, en mi habitación. Tenía una nota en la mano. Juraría que llevaba el emblema de la Casa de Lord Leighton.

Para mi sorpresa, Holmes respondió una milésima de segundo antes de lo que hubiera esperado.

—No sé de qué me habla, Watson. No estuve en su habitación anoche. Debe haberlo soñado. O quizás fue el golpe —respondió, mientras se colocaba el violín bajo la barbilla y rozaba las cuerdas con su arco—. Sí, sin duda, debió ser el golpe.

A lo largo de todos los años que compartí con Sherlock Holmes sé fehacientemente que me mintió en dos ocasiones.

Esta fue una de ellas.

El fuego crepitaba ahora con mucha más fuerza y aún quedaba algo de vino en mi copa. Observé los reflejos de las llamas en el cristal tallado mientras Holmes arrancaba los primeros acordes de su Stradivarius. Inmediatamente, las notas de Bach, rápidas, elegantes y de una fuerza arrolladora, se alzaron en la habitación, inundando la estancia de música.

"Pobre Lord Leighton", pensé, mientras Holmes tocaba. Sin duda había fallado en su descabellado intento, como no podía ser de otra manera. De lo contrario, nos habría hecho saber que estaba en lo cierto, de alguna forma habría querido compartir su éxito con los dos únicos extraños con quienes se había sincerado. El hecho de que el paquete con los objetos llegara sin una sola alusión al tema era una clara prueba de su desengaño, así como su apresurada marcha de Londres.

Como Holmes había mencionado, la fe le había perdido, precisamente a él, un hombre de ciencia, educado en los mejores colegios y universidades, hasta tal punto que había llegado a creer que lo imposible podía realizarse. No le culpaba. Yo mismo había estado a punto de dejarme convencer por la belleza de la idea.

En el momento en que escribo estas líneas soy ya un hombre anciano. Después de aquella aventura vinieron muchas más y fueron muchos los personajes fascinantes que tuve la suerte de conocer de la mano de Sherlock. Sin embargo, por alguna razón, a medida que pasan los años vuelvo a este caso una y otra vez.

Sigo preguntándome qué fue de Lord Leighton, al que nunca volví a ver o por qué Sherlock me mintió aquella noche con respecto a la misteriosa nota y yo mismo permití que lo hiciera. ¿De qué me protegía? ¿Y qué verdad era esa que yo mismo temía averiguar?

Quizás la respuesta es que en este caso a lo que verdaderamente nos enfrentábamos era al anhelo más antiguo de todos. A la necesidad del ser humano de arrebatar a sus seres queridos de las garras de la muerte y ni el más perverso enemigo, ni siquiera el mismísimo Moriarty, podría jamás competir con eso.

Recordé la pequeña caja de sándalo y plata, quizás ella custodiaba la respuesta a todas las preguntas que yo mismo no terminaba de formular.

La música del Stradivarius sonaba ahora fuerte y vibrante, llena de luz y de vida, reconfortando mi alma, apartando de mi mente ideas prohibidas y ya imposibles. Me volví hacia Holmes que tocaba frente la ventana, con los ojos cerrados, perdido en la belleza de sus notas.

Fuera hacía un frío invernal y peligros inimaginables acechaban en la oscuridad de la noche londinense, pero allí, en Baker Street, estábamos a salvo, al calor del fuego y a la luz de la razón.

Nuevas aventuras aguardaban en el horizonte.

Era noviembre de 1883 y había comenzado a nevar.

Epílogo

París. Estación del Este.
5 de noviembre de 1883

El cielo había amanecido de un color gris plomizo y amenazaba nieve aquella mañana de viernes. El vapor de las máquinas inundaba la estación con una suave bruma entre la que los trenes parecían emerger como por arte de magia, al igual que los viajeros que se apresuraban por los andenes en busca de sus vagones, acompañados de sus criados o de los mozos que portaban sus equipajes.

Sin embargo, tres pasajeros caminaban ajenos a las prisas y al bullicio que les rodeaba, como si todo aquel ajetreo les fuera totalmente indiferente.

Se trataba de dos hombres y una mujer. Avanzaban tranquilamente por el andén central donde, absolutamente majestuoso, se erguía el Orient Express que, en escasos minutos, partiría hacia Estambul cruzando Europa.

Uno de los pasajeros llamaba la atención por su exótica apariencia. Su agradable rostro era del color de la canela y su mirada era fuerte y serena al mismo tiempo, como el mar. Llevaba turbante y barba, aunque vestía un traje inglés de la mejor calidad.

Su compañero debía ser de aproximadamente su misma edad, aunque su aspecto era sin duda el de un caballero inglés. Llevaba el cabello castaño oscuro largo a la altura de los hombros y a través de los finos cristales de sus gafas destacaban unos profundos ojos verdes.

Pero si había algo verdaderamente notable en este pasajero era cómo miraba a la bella joven que caminaba agarrada de su brazo: con un cariño inmenso, casi sin apartar la vista de ella, como si temiera que de un momento a otro pudiera desvanecerse.

Ella iba elegantemente vestida con un abrigo de viaje entallado y las manos cuidadosamente enguatadas para protegerlas del frío. Tenía el cabello de un color rubio rojizo y unos grandes y bonitos azules que lo miraban todo a su alrededor con curiosidad e ilusión, como si lo descubriera todo por primera vez.

En su sien izquierda destacaba una antigua cicatriz.

—Puede que haya algo de retraso de camino a Viena —les informó el asistente de su vagón tras comprobar sus billetes de primera clase—. Se espera una fuerte nevada que podría colapsar las vías.

—No importa —le respondió el joven caballero inglés, mientras ayudaba a su esposa a subir las escalinatas del tren. Guardó silencio durante un largo momento antes de concluir:

—En realidad, tenemos todo el tiempo del mundo.

Apenas unos minutos después, el Orient Express partía desde París rumbo a su destino.

FIN

NOTA DE LA AUTORA

Tenía 10 años cuando Sherlock Holmes entró en mi vida y, desde entonces, de una u otra forma, siempre ha estado ahí. No importaba lo lejos de casa que estuviera, lo largo que hubiera sido el día o lo oscuro que pudiera parecer mi porvenir en algún momento dado. Siempre que al llegar la noche pudiera encontrar un ratito para leer, sabía que tenía un lugar privilegiado junto al fuego reservado sólo para mí en el 221B de Baker Street, donde Sherlock Holmes y el doctor Watson me esperaban para solventar algún caso fascinante. Un lugar donde, como en el poema de Vincent Starret, siempre era Londres en 1895.

Así que cuando esta historia surgió, desde la portada de un libro de arte egipcio, me lancé a escribirla, simplemente por el placer de compartirla con otros admiradores de Holmes, como yo.

Como apasionada lectora del cánon, quise que mi novela fuera todo lo canónica que la naturaleza de la historia me permitía.

Para situar la acción en el tiempo, he utilizado la cronología que propone W.S. Baring Gould, que, aunque tiene sus lagunas y no pocos detractores, a mí personalmente siempre me ha convencido más que otras.

El personaje de Senenmut "El Sabio" es ficticio. Se basa, no obstante, en otro Senenmut, un personaje histórico que fue arquitecto, astrónomo y un alto dignatario de gran influencia. Su tumba, la TT353, fue descubierta en la primera mitad del siglo XX y era muy parecida a la que describo en mi novela: una verdadera joya digna de un faraón. Aunque, por desgracia, al contrario de la que describo, había sido saqueada miles de años atrás y se encontraba vacía.

Para documentar la excavación en el Valle de los Reyes he utilizado numerosos libros; de entre todos ellos destaco *The Tomb of Tutankhamen*, de Howard Carter. El lector aficionado a la arqueología encontrará no pocas similitudes entre los descubrimientos de la tumba del faraón niño y la de mi Senenmut.

Me he tomado, no obstante, alguna pequeña licencia, por ejemplo, la inclusión de Mycroft Holmes en la historia, ya que, en realidad, no aparece hasta años más tarde, en "La aventura del intérprete griego"; licencia que espero que mis colegas sherlockianos sepan perdonarme. A cambio, he añadido algunos guiños que estoy segura de que sólo ellos serán capaces descubrir.

Por otra parte, el director del British Museum, Sir Edward Augustus Bond, y el director del departamento de arte egipcio, Ernest Alfred Thompson Wallis Budge, fueron personas reales y ostentaban estos cargos en el año en que se desarrolla la historia.

Lord y Lady Leighton son personajes ficticios inspirados en los grandes mecenas que hicieron posible los sorprendentes descubrimientos arqueológicos en el Valle de los Reyes y en los atrevidos viajeros victorianos cuyas historias siguen cautivando nuestra imaginación a día de hoy.

Por supuesto, Sherlock Holmes y el doctor Watson son, como todo el mundo sabe, personajes reales[2].

Muchas gracias por haberme acompañado a lo largo de estas páginas y haber obrado la magia de que hoy también, pase lo que pase, en algún lugar, sea Londres en 1895.

---

[2] La autora no se ha vuelto loca. Los miembros de las asociaciones de sherlockianos en todo el mundo juegan "al juego" en que fingen que Sherlock Holmes y el doctor Watson fueron personajes reales y Sir Arthur Conan Doyle no fue más que el agente literario de Watson.

También de MX Publishing

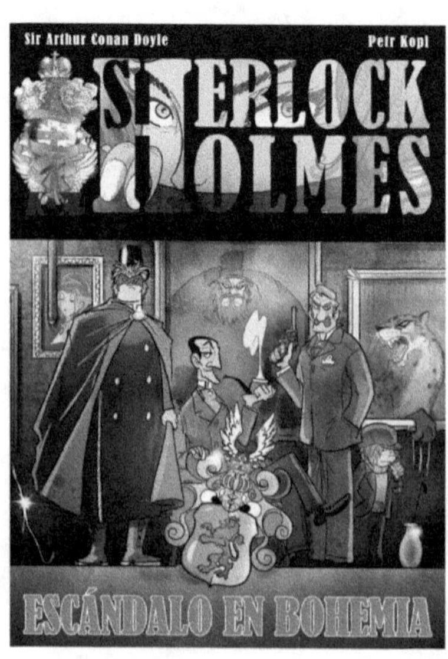

El detective Sherlock Holmes investiga el caso conocido como Escándalo en Bohemia. En esta adaptación al cómic, el famoso detective se embarca en varias aventuras entrelazadas, incluyendo el misterio de La banda moteada. Esta edición es la traducción al español del original en checo, votado como cómic del año en la República Checa. Escándalo en Bohemia es la primera de cuatro novelas gráficas que adaptan historias de Sherlock Holmes. Su autor, Petr Kopl, es un galardonado artista checo que, además de recibir el voto al cómic del año en 2013, cuenta con el premio de Fabula Rasa al autor del cómic del año.

También de MX Publishing

El Londres de finales del siglo Xix fue el hogar de Arthur Conan Doyle y su famoso detective Sherlock Holmes. Este libro realiza un repaso de algunos de los muchos lugares, tanto en el centro como en las afueras de Londres, que están conectados con alguno de estos famosos personajes. Y, además de dar un repaso histórico, este libro también examina algunas de las teorías que se han ido tejiendo durante los años alrededor de Holmes y estos lugares.

También de MX Publishing

Entre 1882 y 1923, Conan Doyle, el creador del legendario personaje de Sherlock Holmes, visitó a Devon en no menos de diez ocasiones distintas y residió durante un total de no menos de cuatro meses. Este libro establece estas visitas dentro del contexto más amplio de la vida y las obras de Conan Doyles.

www.ingramcontent.com/pod-product-compliance
Lightning Source LLC
Chambersburg PA
CBHW060748180626
46818CB00002B/501

* 9 7 8 1 7 8 7 0 5 4 5 4 7 *